Elisabetta Rasy

Das Meer beginnt in Neapel

Roman

Aus dem Italienischen von
Michaela Wunderle

Schöffling & Co.

Erste Auflage 1999

Originaltitel: *Posillipo*

Satz: Reinhard Amann, Aichstetten
Druck & Bindung: Pustet, Regensburg
ISBN 3-89561-632-X

Das Meer beginnt in Neapel

»Der Liebe widerstehen kann es nicht«, wiederholte Sinaïda.
»Das ist das Schöne an der Poesie: sie sagt uns das,
was es nicht gibt, was aber gleichzeitig nicht nur schöner,
sondern auch der Wahrheit näher ist als die Wirklichkeit.«

Iwan Turgenjew, *Erste Liebe*

Das Schiff hatte seine Fahrt nicht beendet und hatte nicht im Hafen von New York angelegt, und es hatte seine tausend Passagiere nicht in dieser Mischung aus euphorischer Müdigkeit und Glorie, die einer jeden Ankunft innewohnt, von Bord gehen lassen. Die Nachricht davon erreichte die Stadt am Meer, in der ich lebte, und viele andere Städte der Welt, und löste eine Bestürzung aus, die sich mit jedem jähen Abbruch verbindet. Das Schiff versank am 26. Juli 1956. Einige Schicksale wurden dadurch grausam zum Stillstand gebracht, andere wurden verändert, darunter auch meines. Denn ein sonderbarer Zauber, der aus den dunklen Gewässern um den Leuchtturm von Nantucket bis in mein azurblaues Meer strömte, erfaßte das Kind, das ich war. Ich war nicht ganz neun Jahre alt. Aber bis zu ihrem Untergang war ich der Andrea Doria ein anhänglicher Passagier gewesen.

Bei Sonnenuntergang, wenn ich von der Seepromenade aus sah, wie das Schiff hinter Kap Posillipo in die Nacht entschwand, ging ich an Bord. Es war natürlich mein Herz, das ich an Bord schickte, mit der schwärmerischen und zugleich präzisen Phantasie, wie nur Kinder sie haben. Im Licht der untergehenden Sonne, der das Schiff nachfuhr, und vor dem hohen, dunklen Umriß des fernen Kaps gemahnte die *Andrea Doria* mit ihren breiten weißen Flanken und der majestätischen, gelassenen Fahrt fraglos an eine weibliche Gestalt, aber nicht an irgendeine Meeresbraut. Sie war weiblich, wie das Substantiv Familie nicht nur aus rein grammatikalischen Gründen weiblich ist. Wenn ich dem Schiff hinterherschaute, dachte ich nicht an prunkvolle Salons und Luxusgewänder, Amüsements und Liebeleien. Es war vielmehr, als wäre das Schiff leer – bis auf mein Herz. Oder besser gesagt, bis auf jenen furchtlosen Teil meines Herzens, der der Bewegung, dem Vorangehen und dem Nichtverweilen geweiht war, und der oft Sklave des anderen, finsteren und kleinlichen Erdenherzens ist.

Ihr Ende war eine Warnung, Beweis dafür ist mir der Schmerz, den ich bei der Nachricht des Untergangs empfand. Bei den Schätzen, die in der gesunkenen Festung auf dem Meeresgrund verborgen lagen, befindet sich ein Schrein, klein, nach dem Maß eines kleinen Mädchens. Der gehört mir, auch wenn ich nicht mehr weiß, was er enthält.

Viele Personen, von denen ich hier erzählen werde, haben ebenfalls Schiffbruch erlitten, wenngleich der Zeitpunkt ihres Todes oder Verlustes mit dem offiziellen Datum des Unglücks nicht übereinstimmt.

Zu ihnen zählt die schönste, die unvergeßliche Freundin jener fernen Zeit. Fiammetta.

Neapel 1956

Wahrscheinlich wollte sie in der Nähe ihrer Mutter sein, und da auch der Arzt ihres Vertrauens dort lebte, fuhr meine Mutter wenige Tage vor dem für meine Geburt festgesetzten Zeitpunkt nach Rom. Sie verließ die Wohnung in Neapel, in der sie mit ihrem Mann seit dem 15. September 1943 gelebt hatte. Am 11. September jenes Jahres hatte mein Vater sie aus der Luftwaffen-Kaserne in Viterbo angerufen und ihr die Notwendigkeit der Flucht nach Süditalien mitgeteilt. Danach hatte er sich der Offiziersuniform entledigt, auf der einige bedeutende Auszeichnungen von militärischem Wert prangten, und war, hastig diesen Faden seines Erwachsenenlebens zerreißend, der sich nie wieder verknüpfen sollte, einen Tag später in Rom eingetroffen, und von dort aus hatten er und meine Mutter nach drei Tagen Neapel erreicht; zuerst – bis an den Volturno – mit einem Zug, in dem es fast keine Frauen gab, dann, gemeinsam mit einem Freund, mit einem Handkarren.

In Neapel hatten sie ein Taxi genommen – das kurzfristig von einem deutschen Soldaten angehalten wurde, doch der Taxifahrer besaß einen Passierschein – und sich zu meiner Großmutter väterlicherseits in die Via Francesco Crispi bringen lassen. Weder der Krieg noch Entbehrungen und Angst hatten dieser Wohnung ihre konfuse, unordentliche Fröhlichkeit nehmen können, die sich einzig durch das Kartenspiel regelte. Es ordnete den Rhythmus des Lebens wie eine strenge, unantastbare Liturgie und bestimmte die Art zu denken. Genau vier Jahre später, kurz nach meiner Geburt in Rom Ende September 47, traf ich gleichfalls in der Via Crispi ein, zu einer Jahreszeit, in der in unserem Teil der Welt das Sommerlicht allmählich schwächer wird, wodurch bei manchen Menschen tiefe Zweifel ausgelöst werden. Obwohl ich nicht darin geboren wurde, war dies das Haus meiner Kindheit, die neun Jahre später, von einem Tag auf den anderen, jäh zu Ende ging, als meine Mutter und ich – nur wir beide – für immer nach Rom zogen.

Unter den vielen Dingen, die zum Prolog einer Geschichte gehören könnten – vorausgesetzt, daß fragmentarische, widersprüchliche und unabweisbare Erinnerungen wie meine, die im übrigen bis vor einem Jahr freiwilliger Verwahrlosung anheimgegeben waren, wirklich die Elemente einer Geschichte bilden können –, scheint mir nur ein Umstand erwähnenswert zu sein: Die Familie meines Vaters war zwar neapolitanisch, in Wirklichkeit jedoch war sie so etwas wie ein einziges Durcheinander. Meine Großmutter war spanischer Abstammung, sie hatte einen Griechen – einen zypriotischen Griechen aus halb türkischer Familie – geheiratet, der, nachdem das Paar sich getrennt hatte, nach Frankreich gezogen war. Mein Vater hatte einen Teil seiner Studien in Frankreich und in der Schweiz absolviert. Seine Schwester heiratete einen texanischen Rechtsanwalt, Offizier der Befreiungstruppen, mit französischen Vorfahren. Meine Großmutter hatte, wie viele neapolitanische Mädchen ihres Standes, die Schule der französischen Nonnen besucht, ebenso meine Tante und auch ich, solange ich in Neapel lebte. Zu Hause benutzten wir sozusagen drei Spachen: Italienisch, da meine Mutter als gelernte Schauspielerin unnachgiebig auf der perfekten Hochsprache bestand; Französisch, das als Geheimsprache oder Code für Erwachsene eingesetzt wurde, das Erbe eines verblichenen gesellschaftlichen Glanzes, und den Dialekt. Den Dialekt nutzten wir allerdings ebenso wie das Französische. Er war mitnichten eine urwüchsige oder spontane Sprache, der wir den Vorrang vor dem Italienischen gaben, sondern eher eine Art Zugehörigkeits- oder vielleicht auch Erkennungscode. Man sprach ihn nicht deshalb, weil er geschmeidiger und ausdrucksvoller ist, sondern benutzte ihn als Sprache der Komplizenschaft, die einen geheimnisvollen Reiz besaß. So bruchstückhaft und künstlich, wie man sich des Dialektes bediente, haftete ihm etwas Antidemokratisches an: denn er verwies auf eine Distanz und nicht auf eine Nähe zu dem Volk, das ihn ausschließlich sprach. Ich glaube, aus diesem Grund habe ich nie in meinem Leben ein einziges Wort im Dialekt gesagt.

Doch das ist unwesentlich. Wesentlich ist, daß die Stadt, in der ich gelebt habe und die ich in dieser Geschichte heraufbeschwören will, zwar eindeutig Neapel ist, doch keine soziale oder historische Bedeutung besitzt, sondern, zusammen mit den Sprachverwirrungen und -verdrehungen, nur als physische, klimatische, malerische Begebenheit für das Auge wahrgenommen wird, die dem Herzen vom unsteten Funkeln der Oberfläche aus das Wesen der Dinge übereignet.

In meiner bewegten Familie gab es jedoch Momente, in denen der neapolitanische Dialekt wie durch Zauberei seine ganze Fülle, Kraft und Fähigkeit zur Illusion zurückgewann, die ihm sein eigenwilliger gesellschaftlicher Gebrauch genommen hatte. Es waren die Momente, in denen wir sangen. Wir sangen alle, und an manchen Abenden wurde auch am Beispiel alter Lieder Sprachforschung betrieben. Dann war der Dialekt kein snobistischer Code mehr, sondern eine Sprache, eine verlorene Sprache, die Sprache einer Illusion, einer künstlerischen Illusion, aber auch der Illusion des Herzens und der Illusion einer nicht vergehenden Zeit. Eine Sprache jedenfalls, die schon der Geschichte anheimgegeben war, so daß der Eindruck entstand, als wären auch die Inhalte der Illusion Teil der Vergangenheit – das Gefühl also, die Leidenschaft, der Kummer, das süße Schmachten, die Sehnsucht, die Ursprünge. In anderen Worten: alles, was wir kaum zulassen durften. Alles, was uns im Ungestüm dieses so hoffnungslos ungesicherten Lebens entglitt.

Mein Vater war ein Gott des Gesangs. Seine Stimme war die weichste, auf natürliche Weise musikalischste aller Stimmen, die ich im Laufe meines Lebens je vernommen habe; noch heute gibt es Überlebende anderer Schiffbrüche, die dies bezeugen. Nur in seiner singenden Stimme verknüpfte sich der zerrissene Faden seiner Existenz, und manchmal, zufällig, auch der der Existenz eines Menschen, der ihm nahestand. Mein Vater war das auserkorene Opfer, der Sündenbock: der Zauber seiner Stimme, die er so sorglos verschwendete, sagte mir das schon damals, ohne daß ich den Sinn begriff. Doch selbst als Sündenbock versagte er, denn es gelang ihm nicht, den Niedergang der anderen Familienmitglieder aufzuhalten. Er vollzog an uns stattdessen einen kleinen, hochbedeutsamen Exorzismus, von dem ich nicht weiß, ob es schadete oder nützte: Da er der einzige sentimentale Mensch in der Familie war, trieb er uns den Dämon der Sentimentalität für immer aus. Wir alle, auch ich, das kleine Mädchen, waren wegen seines Gesangs oft wütend, gebannt, melancholisch, euphorisch oder gequält. Sentimental nie.

In der Stadt, von der ich erzähle – reine belebte Natur, Wasser, Licht, Finsternis –, die ich aus Abneigung gegen literarische Heucheleien nicht zögere bei ihrem Namen zu nennen, in Neapel also verzauberte mich jedoch der von mir abgelehnte Dialekt, wenn er zwischen den Krämern, den Menschen in den Gäßchen und den fliegenden Händlern pfeilgleich die Luft durchschnitt. Seine in verschiedenen Facetten lebendige Leichtigkeit, die sowohl als Symbol der Zugehörigkeit wie auch in der Kunstsprache der Lieder gegenwärtig war, offenbarte sich mir wie ein Ruf aus frühesten Zeiten. Ich erinnere mich, daß ich, wenn ich krank war, ganze Tage damit zubrachte, die Rufe aus den Gassen zu deuten. Häufig gelang es mir nicht. Es ging nicht um Sprache, nicht um deren Gebrauch, nicht um gegenseitigen Austausch, nicht um die Bedeutung von Worten, sondern um ein Hörbarwerden der Vorgeschichte des Lauts, um den Augenblick, in dem der Laut zum gesprochenen Wort werden will. Wenn ich heute an Neapel denke, dann denke ich – außer an das azurblaue und ockerfarbene Licht, das transparent und durchdringend ist – an diesen Laut. Er ist für mich die Stimme des Seins, die Stimme der Leidenschaft, die bindungslos, ohne gewöhnliche Beziehung zu einem anderen sein möchte und auch nicht zum gesprochenen Wort werden will. Welchen Sinn hätte es, diese Laute zu transkribieren? Die Worte des Dialekts in sie einzufügen, als wären es beredte Fundstücke einer verlorenen Sprache? Die verlorene Sprache ist in mir und im Sog meiner Schiffbrüche, sie ist unser persönliches, klingendes Paradies, das kein transkribierter Dialekt heraufbeschwören kann. Die Leidenschaft, die hinter diesen Lauten liegt, darf, das weiß ich, nur das stumme Hinterland dieser Geschichte sein, der Laut, der nicht zum Wort wird und die Stimme in ihrer Glorie und ihrem Niedergang aus der Ferne leitet.

Das alles ist nun schon seit langer Zeit vorbei. Als ich im Herbst 56 nach Rom zog und fortan eine öffentliche Schule, die Grundschule Regina Elena, besuchte, bestürzte mich am meisten der Klang der Sprache. Statt des schillernden, bezaubernden Wohllauts der Stadt, die ich verloren hatte, vernahm ich nun die merkwürdig tonlose und vor allem hohle Sprache meiner neuen Schulgefährtinnen. Mädchen, die schlau, erbarmungslos und mißtrauisch waren, meist Töchter von Leuten, die von außerhalb nach Rom kamen, um auch sprachlich zu verstädtern. Eine Sprache, die mir nur für dienstliche Mitteilungen geeignet schien; ohne Zwischentöne und deshalb kaum brauchbar, um von Eindrücken und Gefühlen zu berichten. Jedenfalls nicht von meinen Eindrücken, meinen Gefühlen.

Ich sah Fiammetta zum ersten Mal in der Wohnung meiner Urgroßmutter Evelina, die ich der Einfachheit halber Großmutter Evelina nannte. Zu jener Zeit, Anfang 56, war Evelina bereits älter als neunzig, einige Jahre nach meinem Umzug nach Rom sollte sie sterben, und damals hieß es, glaube ich, sie sei vierundneunzig Jahre alt. Demnach war sie ungefähr Mitte der sechziger Jahre des letzten Jahrhunderts geboren. Evelina war mager und früher einmal groß gewesen, doch das Alter und ein Leiden am Oberschenkelknochen hatten aus ihr eine fast kleine Frau gemacht. Es war nichts Demütiges an ihr, nicht einmal die Demut, die Altersbeschwerden häufig nach sich ziehen, obwohl sie nicht nur hinkte, sondern auch fast blind war. Dennoch war sie auf ihre Art niemals untätig, ich denke, das ließ ihre gute Erziehung nicht zu. Sie beschäftigte sich mit drei Dingen: sie stickte, ein feines Tuch in Mundhöhe haltend, knapp unter die spitze, lange Nase, als sagte ihr eher der Geruchssinn als das Auge, wohin die Stiche gehörten. Sie las und hielt das Buch in Augenhöhe, noch höher als die Stickerei, damit jede Zeile parallel zu ihrem schwachen Augenlicht erschien. Und sie spielte natürlich Karten. An zwei Abenden in der Woche spielte sie mit Freunden, die etwa so alt waren wie sie, Poker.

Ich besuchte sie oft. Sie hatte gern Gäste, ja, zu ihren Beschäftigungen gehörte auch das Empfangen von Gästen, und mich fand sie sympathisch. Doch ob sie Gäste hatte oder nicht, sie war stets sorgfältig gekleidet, ganz in Schwarz, mit einer hochgeknöpften weißen Rüschenbluse.

Großmutter Evelina, die um die Jahrhundertwende etwa vierzig Jahre zählte, war durch und durch eine Dame des 19. Jahrhunderts, und auch ich wurde durch unsere Plaudereien wie von selbst ein Mädchen des 19. Jahrhunderts. (Über die Nation, in der ich lebte, wußte ich nichts; daß ich italienische Staatsbürgerin war, fand ich erst später heraus, als ich in Rom eine öffentliche Schule besuchte. Mein sozialer Abstieg und meine Deklassierung von damals müssen sich mit dem Umstand, eine Bürgerin Italiens zu sein, vermischt haben. Wohl auch, weil die Lehrerin, eine faschistische alte Jungfer, mit ihrem hohlen nostalgischen Patriotismus das Negativbild einer Italienerin war).

Mit meiner Urgroßmutter sprach ich vor allem über unsere Abstammung. Sie sei Baronin, hieß es, und sämtliche Geschichten vom Adel dienten dazu, die mißliche und elende, zunehmend elendere Lage wettzumachen, in die wir heiteren, zornigen oder düsteren Sinns immer schneller abglitten. Evelina war nicht religiös, nur eben so viel, wie es die Wahrung guter Manieren verlangte. Sie lieh mir Liebesromane von Delly, die mich, mit meinen sechs oder sieben Jahren, nahtlos der Welt anpaßten, in der ich lebte und in die das reale Leben der Stadt und des Landes in keinster Weise vordrangen, zumal in meiner Familie – mit der einzigen und eher besonderen Ausnahme der Schwester meines Vaters – niemand arbeitete.

Erst viele Jahre später sollte ich begreifen, daß das aktive Leben meines Vaters an jenem 8. September 1943 endgültig zerbrochen war. Aus Stolz, Enttäuschung und Desorientierung hatte er, glaube ich, seine Laufbahn bei der Luftwaffe nicht wieder aufnehmen wollen; von Krankheit zermürbt, in einem von Streiks heimgesuchten, wenig verlockenden neapolitanischen Krankenhaus sagte er mir wenige Tage vor seinem Tod, er habe diese Entscheidung bereut.

In etwas anderes hatte er sich nicht hineinfinden können. Solange ihn die früheren Freundschaften aus der *jeunesse dorée* noch trugen, hatte er sich wenig aussichtsreich beim Film und im Journalismus versucht und sich dann mit Gelegenheitsarbeiten zufrieden gegeben, die, wie er meinte, nicht unter seiner Würde waren – oft waren sie es doch. Dann, nun ja, der Schiffbruch.

Geld hatte man oder man hatte es nicht: Geldverdienen galt bei uns als eine sonderbare Beschäftigung. In Urgroßmutter Evelinas Wohnung wurde zwar ab und an über die berufliche Position dieses oder jenes Bekannten geredet, aber so, als handelte es sich um das Lehnsgut eines Ritters, um den Ritterschlag durch irgendeinen geheimnisvollen Herrn, um ein von Himmel gefallenes Privileg. Wenn jemand ein solches Lehen nicht erhielt, war es darum weder sein Verdienst noch sein Verschulden, außer er verursachte unseligerweise Not. Es traf auch niemanden eine besondere Schuld, wenn er, nachdem die Arbeit sich aus dem Staub gemacht hatte und das Elend dräute, in seltsame Abenteuer geriet. Im Gegenteil. Meine Urgroßmutter Evelina schien anderen Menschen weder gute noch schlechte Gefühle entgegenzubringen – einzig Dienstboten gegenüber war sie reizbar, obschon Altersschwäche es ihr inzwischen erschwerte, sie gelegentlich zu züchtigen. Für einen ihrer fünf Söhne hegte sie jedoch eine besondere Zärtlichkeit, vielleicht sogar echte Liebe: für den schönsten und unglücklichsten (und zweifellos sympathischsten), der wegen Glücksspielen, die nicht immer nur dem Zeitvertreib dienten, in Schwierigkeiten mit der Justiz geraten war.

Dieser Sohn, der später im Gefängnis am Herzinfarkt starb, hatte eine, wie man damals sagte, Frau aus dem Volke geheiratet. Nach dem Bekunden meiner Familie war das Stigma dieser Herkunft an den beiden Töchtern deutlich zu erkennen. Eleonora, die jüngste, eine schlangenhaarige Brünette, war nur wenige Jahre älter als ich. Sie war grob, gutmütig und von unschuldiger Liederlichkeit. Nach einigen Jahren unergiebiger und dilettantischer Prostitution fand sie einen Ehemann; ich habe nie wieder etwas von ihr gehört (wie im übrigen von fast allen, die ich damals gekannt habe, seien es Verwandte oder keine). Obwohl meine Eltern alles taten, um den Umgang mit ihr zu unterbinden, fand ich sie ziemlich sympathisch; ungezogen und frech, wie sie war, war sie ganz anders als ich in meiner lähmenden Wohlerzogenheit und Schüchternheit.

An einem der vielen Tage, an denen ich bei Großmutter Evelina war, hatte Eleonora, die wie stets auf der Suche nach Geld ins Haus gekommen war, Fiammetta mitgebracht.

Als Fiammetta mit meiner Cousine die Wohnung von Urgroßmutter betrat, fielen mir als erstes ihr Haar und ihre Augen auf. Das Haar war lang, glatt, dunkel. Wenn sie ging, schwang es wie ein kostbarer Schleier hin und her. Dunkel waren auch die Augen, samtig und merkwürdig durchscheinend, gerahmt von sehr langen, glänzenden, gebogenen Wimpern. Anders, als man es sonst von Kindern gewöhnt ist, sah sie nichts und niemanden direkt an. Ihre Augen waren so still wie sie, ihr Blick nicht ausweichend, sondern fliehend oder vielleicht bloß zerstreut, als sähe er auf eine Szenerie, von der die anderen nichts wußten. Ansonsten war sie ein großes, mageres Kind und nicht besonders herzlich.

Es war am Ende des Nachmittags, und die Wohnung füllte sich rasch mit Menschen.

Anders als die Wohnung meiner Großmutter, in der wir lebten, war die von Urgroßmutter sehr klein; nicht sehr hell, nicht sehr luftig, ins Erdgeschoß eines hohen, wuchtigen Hauses aus dem Anfang des Jahrhunderts eingegraben. Es war dennoch keine unangenehme Wohnung, denn die Möbel waren leicht und graziös, und vor allem nahm sie erstaunlich viele Menschen auf. Ihr wahres Fassungsvermögen entdeckte ich erst Jahre später, als der Niedergang bereits begonnen hatte. Urgroßmutter war schon tot, die Wohnung in der Via Crispi aufgegeben, Großmutter hierher gezogen und die Familie bereits weithin verstreut. Wenn es der Zufall wollte, kamen wir in Neapel zusammen, zeitweilige Heimkehrer aus den Orten unserer Emigration:

meine Mutter und ich aus Rom, Vater aus Paris oder London, meine Tante und die Vettern aus irgendeinem Dorf in Essex. Zwar gab es nicht für alle Platz, aber mit Hilfe von Klappbetten und Sofas fand sich eine erkleckliche Gruppe zusammen. Ein vielleicht unnötig gedrängtes Beisammensein, aber es linderte wohltuend den Schmerz über den Verlust, das Fernsein und vor allem über den Lauf der Geschichte, der sie, wie die Erwachsenen wußten, aus der Bahn geworfen hatte.

Aber an jenem Nachmittag gehörte die Wohnung noch meiner Urgroßmutter ganz allein. Alte, geräuschvolle Besucher bevölkerten sie, Onkel und entfernte Vettern, deren (durch Heiraten, Witwenschaften, Kinder aus erster, zweiter und dritter Ehe und Bettgeschichten da und dort unübersichtlich gewordener) Verwandtschaftsgrad mir entfallen war. Dazu kamen Urgroßmutters jüngere Freundinnen, siebzig- und achtzigjährige Damen, unermüdliche Schwatzbasen und Klatschtanten, Menschen, die fast jeden Tag hierher kamen. Meine Cousine führte mich und Fiammetta in den hintersten Raum der Wohnung und zog die Tür gut zu. Sie prüfte Entfernung und Lautstärke der Erwachsenenstimmen und hieß mich auf ihre gewohnt ungeschickte und aufgeregte Art Wache zu stehen. Dann zog sie Fiammetta zu einem kleinen Diwan, sagte, sie solle sich hinlegen, hob ihr den Rock hoch, streifte ihre Unterhose herab und spreizte ihr die Beine. Ich sah noch, wie sie lächelte, dann schlug ich die Augen zu Boden, bat aber im Widerspruch dazu meinen Schutzengel, mit dem ich damals sehr vertraut war, er solle niemanden kommen und nichts geschehen lassen, was die Situation, von der ich nicht wußte, was davon zu halten sei, gestört hätte.

Nach diesem Nachmittag umging ich eine Zeitlang Besuche bei meiner Urgroßmutter, da ich fürchtete, meiner Cousine zu begegnen, die glücklicherweise in der Wohnung meiner Großmutter, bei der ich wohnte, nicht verkehrte. Die beiden Wohnungen waren ganz verschieden, selbst ihre Atmosphäre war vollkommen anders, als stammten sie aus zwei unterschiedlichen historischen Epochen. Die Via Crispi war damals eine schmale, elegante Straße, weder alt noch modern, weit entfernt vom historischen Zentrum, das mir wie eine andere Stadt erschien (die ich im übrigen kaum und nur von kurzen Einkaufsausflügen mit meinen Eltern kannte) und mir angst machte. Die Via Crispi aber lag nah am Meer und dem wunderschönen Kap Posillipo, das mir damals wie ein von der Magie des Sommers verzauberter Ort erschien. In der schönen Jahreszeit war sie nachts vom Duft des Jasmins erfüllt, der an Spalieren einiger geheimnisvoller und elegant beleuchteter Villen emporrankte. Es gab zwei oder drei Botschaften in der Straße, das englische und französische Kulturzentrum und das schöne Gebäude der französischen Nonnen, bei denen ich zur Schule ging. Diese Anwesen verliehen der Straße einen Hauch von Weltläufigkeit und Extra-Territorialität – ein weiteres Privileg, das ich durch den Umzug nach Rom verlieren sollte.

Als ich Großmutters Wohnung in der Via Crispi verließ, war ich an Jahren und von Gestalt ein kleines Mädchen. Darum weiß ich, daß ich ihre wahren Dimensionen niemals wirklich erfaßte. Damals schien sie mir außerordentlich groß zu sein, oder besser, nicht groß, sondern lang, sehr lang. Es war, als trennte die endlose, furchterrregende Wegstrecke des langen Flurs den dunklen Vorraum, den nur das Licht erhellte, das durch das geschliffene Glas der Eingangstür fiel, von dem Zimmerchen ganz hinten, in dem ich schlief. Doch die Wohnung war wirklich lang, weil die Villa, zu der sie gehörte, ungewöhnlich geschnitten war. Es gab insgesamt vier Wohnungen, die nebeneinander lagen: Jede hatte einen eigenen Eingang zur Straße hin; bei den beiden seitlichen Wohnungen, zu denen unsere gehörte, mußte man einige Stufen hinuntergehen, während man bei den beiden mittleren zur Tür ein paar Stufen hinaufsteigen mußte. Alle vier Wohnungen verliefen der Länge und nicht der Breite nach. Die Fenster der hintersten Zimmer wiesen auf die leicht verwahrlosten Anlagen einer parallel zur Via Crispi gelegenen Straße hinaus, in denen man mit mir von Zeit zu Zeit lustlos spazierenging. Als es mich noch nicht gab, hatte meine Mutter eines Morgens aus einem dieser Fenster einen amerikanischen Soldaten erspäht, der im Begriff war, sich die Zähne zu putzen und dabei seinen Helm als Becken benutzte. Ein herrlicher Anblick: Zahnbürste und Zahncreme, die da so geschickt gehandhabt wurden, verkündeten das Ende des Krieges, das Ende der Angst und, vor allem, den Beginn der Gegenwart.

So wie die Wohnung meiner neunzigjährigen Urgroßmutter für uns alle das Zuhause der Vergangenheit war (Evelina schien ihre Gewohnheiten nicht einmal während der schlimmsten Bombardements geändert zu haben), bedeutete die Wohnung der sechzigjährigen Großmutter das Zuhause der Gegenwart (auch sie hatte wohl einen Großteil des Krieges, Luftangriffe inbegriffen, kartenspielend hingebracht). Mein Vater hatte hier endgültig wieder bürgerliche Kleidung angelegt und hoffnungsfroh über seine Zukunft nachgegrübelt, und von hier aus war meine Mutter manchmal zum Radio von Longanesi und Soldati arbeiten gegangen. In diese Wohnung kam meine Tante mit ihrem texanischen Rechtsanwalt und kehrte später, nach ihrer schnellen amerikanischen Scheidung, mit drei Kindern wieder zurück, um sogleich in die Kommunistische Partei einzutreten. Es war das Zuhause der Gegenwart, aber auch dasjenige, in dem unausgegorene und hoffnungsfrohe Projekte für die Zukunft geschmiedet wurden. Daß die Wohnung der Vergangenheit über die andere siegen sollte, wußten wir damals alle noch nicht.

Die Wohnung der Gegenwart unterstand natürlich der absoluten Herrschaft von Großmutter Enrica, einer hochgewachsenen Frau mit schönen Zügen, die an Spanien gemahnten so wie auch ihr Mädchenname. Früher dünn und geschmeidig, war sie nun raumgreifend dick. Ihre sirenengleiche Stimme war von täuschender Liebenswürdigkeit dank eines stark ausgeprägten französischen »Rs« und eines eigenartig singenden Tonfalls, den sie nicht einmal in den Momenten der gebieterischen und aggressiven Tyrannei über ihre Söhne verlor. Diese Wohnung gefiel mir, weil wir zu vielen dort lebten. Zur zahlreichen Schar unserer Familie gehörten der hübsche Terrier meines Vaters ebenso wie die bizarren Gäste meiner Großmutter (allesamt passionierte Kartenspieler, wie ich später begriff), die so regelmäßig kamen, daß sie dort zu wohnen schienen. Dazu zwei hinreißende griechisch-amerikanische Vettern, Söhne einer wunderschönen, gebrechlichen Schwester des griechischen Großvaters. Und zwei fette, finstere Ammen, die der Wohnung einen Hauch von Märchen verliehen. Vor denen ängstigte ich mich genauso wie meine Mutter, die, wenn es um mich ging, Schmutz mehr als alles andere auf der Welt fürchtete. Doch abends, wenn die Erwachsenen ihren Vergnügungen, Lastern und Liebschaften nachgingen – meine Tante und meine Mutter zum Beispiel in gemeinsamen Tafelrunden mit einer Schar enthusiastischer und verzweifelter neapolitanischer Jungkommunisten, zu denen sie gehörten –, dann waren es doch die Ammen, die uns Kinder in der Küche fütterten, wo wuchtige, alte und nie ganz saubere Möbel standen. Über dem Marmortisch hing eine Lampe, deren Schein über die Milch- und Brotsuppen fiel, aus denen unser Abendessen bestand.

Märchenhaft waren auch die Möbel, weil kein Stil und keine Regel deren Anordnung rechtfertigten. Im Zimmer meiner Eltern war alles luftig und leicht: Vom Bett abgesehen, war es mit ehemaligen Garten- oder Terrassenmöbeln eingerichtet, Sesseln, einem kleinen Diwan und Tischchen, alles aus geflochtenem Rohr. Im Zimmer meiner Tante standen geschwungene englische – oder strikt zu solchen erklärte – Möbel und viele Lampenschirme im orientalischen Stil. Der Salon dagegen, in dem meine Großmutter empfing, war ein Reich der Schwerfälligkeit: alte neapolitanische Möbel aus dem 19. Jahrhundert, dunkles Holz, durch die Zeit mattiertes Mahagoni im trauervollen Wechsel mit schattig satiniertem Nußholz. Der schönste oder zumindest behaglichste Raum war das Badezimmer. Es war geräumig und hell und wie ein Salon mit Sesselchen, Tischchen und Lampen ausgestattet.

Mir gefiel diese Wohnung, weil sie, nicht nur wegen ihrer langgestreckten Form, an ein Schiff erinnerte. Wir alle, kleine und große Bewohner, wußten, daß wir – auch wir Kinder, die wir Jahre später geboren waren – nach dem großen Sturm des Krieges nur provisorisch geeint waren und vielleicht neue, andere Stürme unser harrten. Doch das verlieh unserer Gemeinschaft eine gewisse Fröhlichkeit, wie sie bei Fahrten auf hoher See aufkommt.

Mich versah dieses Leben mit einem soliden Gefühl der Unwirklichkeit in Hinsicht auf die Außenwelt und die Regeln, zu denen alle Erwachsenen, in deren Obhut ich war, fortschreitend den Kontakt verloren. Und obwohl ich es nicht wollte, begann sich der Schatten von Fiammetta verstohlen in dieser Unwirklichkeit einzunisten.

Zum ersten Mal, nachdem wir uns begegnet waren, hörte ich meine Großmutter über sie reden. Meine Großmutter hatte eine besondere Eigenschaft: Sie fürchtete sich vor nichts. Aus den goldenen Tagen ihrer Jugend war ihr, Zeichen der einstigen Herkunft, die Courage einer Dame von Stand geblieben. Sie kannte keinerlei Ängste und bewies es später, in den Jahren des Niedergangs, als man sie an der Brust operierte. Oder als sie, um zu meiner Tante nach England zu gelangen, in alte, unbequeme Charterflugzeuge für Studenten kletterte und, inzwischen halbblind und schwergewichtig, vorgab, sie sei die Betreuerin. Mit derselben Entschiedenheit und Nonchalance, mit der sie den Schaben trotzte, die im Haus herumliefen, stellte sie sich den heikelsten Themen, selbst in Gegenwart eines kleinen Mädchens wie mir. Und eines Tages – sie war in der Unterhaltung mit einer Freundin begriffen und ich hatte es mir wie immer unter dem Salontisch bequem gemacht, dessen gewaltiges Beingeflecht so einladend war wie das Geäst eines Baums – erfuhr ich, daß Fiammetta Waise war und bei einer Tante lebte, die einen zweifelhaften Ruf genoß. Meine Großmutter verwendete nicht diese Begriffe, sonders ganz gewiß krassere. Doch der Sinn des Satzes war eindeutig. Und Fiammettas Schatten in seiner zarten Düsternis begann sich mir noch beharrlicher aufzudrängen.

An dem Platz, wo Urgroßmutter wohnte, gab es einen Tabakwarenladen, in dem ich manchmal für meine Eltern ein paar Zigaretten holte, die damals noch einzeln verkauft wurden. Aber die Pall Mall- und Camelpäckchen holte ich bei einer Schmugglerin, die in einer fensterlosen, winzigen Wohnung im Souterrain lebte, dessen niedrige Tür auf die Treppenstufen der Via Giovanni Bausan hinausging. Beide Ausflüge waren wunderbar. An der Treppe gefielen mir die in den Gassen widerhallenden Stimmen und die Gerüche, besonders ein bestimmter Duft nach Reisigkohlen, den ich seither nie wieder gerochen habe. An dem Tabakwarenladen gefiel mir die Tochter des Besitzers, ein Mädchen von sechzehn, siebzehn Jahren, mit dem Körper einer klassischen Statue, die stets enganliegende Pullover, Röcke oder sehr knappe, helle Kostüme trug. Ihr Haar war lang und dicht, von einem warmen, da und dort ins Rötliche spielenden Blond, das ihr leichtgewellt weit über den Rücken hinabfiel. Sie besaß auch einen sehr schönen schottischen Schäferhund. Als wir Freundinnen wurden, führte ich ihn mit ihr in den dunklen Gärten der Villa Floridiana auf dem Vomero spazieren. Die Gärten lagen sehr weit von der Wohnung entfernt, aber sie schienen ihr offenbar der angemessene Ort für einen so eleganten Hund zu sein.

Gemma lebte bei ihrem Vater, in einer Wohnung hinter dem Geschäft, der allerdings zu verschwinden pflegte, sowie der Tabakwarenladen schloß. Körperlich entwickelt war Gemma doch von kindlichem Gemüt und deshalb gern mit kleinen Mädchen zusammen, und natürlich war meine verbotene Cousine ihre Freundin. Ab und zu, wenn ich bei Urgroßmutter außerhalb der Kontrolle meiner Eltern war, besuchte ich Gemma. Wann immer ich kam, bereitete sie mir merkwürdige kleine Gerichte zu, Muschelchen zum Beispiel, die sie selbst von den Felsen im stinkenden Wasser des Hafens von Mergellina gesammelt hatte. Aus Furcht vor Bazillen waren mir diese Muscheln sogar in der handelsüblichen Variante verboten, meine Mutter sprach vor lauter Abscheu nicht einmal ihren Namen aus. Gemma war Halbwaise und sehr mütterlich, sie behandelte ihre kleinen Freundinnen wie Puppen, kämmte sie, kleidete sie in teure Gewänder und fütterte sie.

An einem Nachmittag am Ende des Winters 56 befand ich mich in der Wohnung meiner Urgroßmutter. Draußen ging ein heftiger Wolkenbruch nieder, es wurde plötzlich dunkel. Ich hätte heimgehen sollen, denn wegen des Regens kam kein Besuch, und Urgroßmutter war es nach einer Weile müde, mit mir allein zu sein. Wir hatten das gesamte Repertoire unserer üblichen Themen ausgeschöpft, über unsere illustren Vorfahren und ihren Verkehr bei Hofe gesprochen, und wie immer war es uns gelungen, bis auf die Zeiten der Bourbonen zurückzugehen. Insbesondere hatte sie mir an jenem Tag von einem Onkel erzählt, der einem neapolitanischen König, ich weiß nicht mehr welchem, eine Krippe ganz aus Gold geschenkt hatte. Eigentlich gefielen meiner Urgroßmutter die schaurigen und leicht zotigen Geschichten aus dem gemeinen Volk besser, wo die Exkremente des Schurken regelmäßig im Hut des Pfarrers landeten. Aber ich hatte sie immer wieder auf das Thema Adel zurückgebracht.

Ich hätte gehen müssen, doch es regnete zu stark. Die häßlichen, schwarzen Tage und den Regen verabscheute ich. In der Stadt meiner Kindheit war der Regen völlig anders als der, den ich später an den anderen Orten der Welt sah. Der Regen in Neapel veränderte das Aussehen von Häusern und Menschen. Durch ihn wurde alles elend, häßlich, abstoßend. Er schien die Straßen und Häuser nicht zu säubern, sondern zu beschmutzen, nur Sonne, die brennende Sonne reinigte die Stadt. Ausgenommen vielleicht die Gäßchen, jedenfalls diejenigen, die ich kannte, zwischen dem obersten Abschnitt der Via dei Mille und der Riviera di Chiaia, wo das Wasser zu erdigen, schmierigen Bächen anschwoll, voller Unrat, aber reißend wie Hochwasser, und das Elend durch eine adäquate Katastrophenstimmung ersetzte.

Ich beschloß, bald zu gehen – Urgroßmutter hatte den Kopf über den Stickrahmen geneigt. Ihr, die weder hell noch dunkel unterschied, war es ohnehin gleich, wenn ich ging, sie würde gewiß nicht wieder aufschauen, um mich zu suchen. Ich beschloß, zu Gemma zu gehen. Dort würde mich der Regen nicht stören. Im Grunde war die Wohnung hinter dem Laden, wie anspruchsvoll sie auch möbliert war, ein fensterloses Loch und gegen die Jahreszeiten abgeschottet wie eine richtige Höhle.

An jenem Nachmittag bei Gemma erblickte ich Fiammetta zum zweiten Mal. Sie saß vor einem Spiegel, und unsere Kinderfreundin Gemma war dabei, sie zu kämmen.

Im allgemeinen sprach ich nicht viel und wagte auch nicht, Fragen zu stellen. Ich hörte zu, war aber ansonsten schüchtern und still, und dieses Mal sagte ich überhaupt nichts. Auch, weil Gemma und Fiammetta, wie in eine Geheimzeremonie vertieft, mich nicht beachteten. Ich hielt mich abseits, hinter Gemma, die im Rücken von Fiammetta stand, und betrachtete ihr leicht vorgeneigtes Gesicht im Spiegel. Das Schlafzimmer war nur schwach erhellt. Nach einer Weile ging ich, mich leise verabschiedend. Fiammettas Gesicht im Spiegel war mir wie das einer erwachsenen Frau erschienen, sehr schön, scheu, mit stark getuschten Wimpern, die Lippen mit einem scharlachroten Stift perfekt geschminkt.

Unser Leben im Schiff-Haus war nicht so sicher, wie ich meinte. Zu der märchenhaften Atmosphäre gehörten auch die bedrohlichen und grausamen Aspekte, die man in jedem Märchen findet. Dieselben Stimmen, die so gern sangen und lachten, verwandelten sich zuweilen in heftiges Gebrüll und verzweifeltes Geschrei. Sie sprachen nicht mehr von dem blauen Blut in unseren Adern, sondern beklagten deren Ausblutung. Je mehr sich die Atmosphäre eines Ausnahmezustands verflüchtigte, die der Krieg wie eine Wolke hinter sich gelassen hatte und die uns eine Zeitlang miteinander verband, je mehr wir zur Normalität hätten zurückkehren müssen, desto deutlicher wurde die Ungewißheit. Sie äußerte sich in quälenden und sinnlosen Debatten über Arbeit, Geld, das zwangsweise Zusammenleben und in heftigen Streitereien obendrein. Großmutter stritt mit meinem Vater, Mutter und Vater miteinander und meine Tante mit allen.

Die Singabende waren selten geworden. Meine Mutter war immer häufiger abwesend und fast nie mehr guter Laune. Meine Tante dachte nur an die Partei (und an ihre neue Liebe, die die Liebe zur Partei mit ihr teilte). Ich fühlte mich nur bei meinem Vater wohl, der mit mir glücklich das gesamte Geld verschwendete, das er hatte – wenn er welches hatte –, und dazu alles, was von seiner guten Laune und der außerordentlichen Gefälligkeit seines Wesens und seiner Umgangsformen übriggeblieben war. Im Sommer war fast immer er es, der mich ans Meer brachte, in den Sea Garden, ein Schwimmbad am Anfang der Via

Posillipo, wo ich lernte, den Beton zu lieben, mit dem die Felsspalten ausgegossen waren, den feuchten, brackigen Geruch in den Holzkabinen und die Algen, die wie eine unbezwingbare Schlammschicht den Grund der künstlichen Meeresbucht überzogen, in der wir badeten. Oder wir gingen in den Park Villa Beck. Dort war die Stadt fern und das Meer strahlend und unendlich. Vater lehrte mich Schwimmen, indem er mit mir eines Morgens in einem in Mergellina gemieteten Boot mitten auf den Golf hinausfuhr – so kam es mir jedenfalls vor – und mich ins Wasser warf. Das Fahrradfahren hatte er mir in der breitesten Allee des Parks Villa Comunale gezeigt, und er bemühte sich auf jede erdenkliche Weise, mir das Tanzen beizubringen. Wenn wir durch die Straßen liefen, spielten wir bisweilen ein seltsames Spiel, das er erdacht hatte – ich mußte im Tanzschritt am Rande des Bürgersteigs entlanghüpfen, während er eine selbsterfundene Melodie dazu sang, die an die Filmmusik von *Dick und Doof* erinnerte. Oder wir sprachen miteinander.

Er war mein einziger Freund. Mit meinen kleinen Vettern, die alles gemeinsam machten, auch die gleichen Kleider trugen, lächerliche weite Höschen bis knapp zur Leiste, die ihnen der Vater aus Texas schickte, verstand ich mich nicht besonders gut. Meine Schulgefährtinnen, deren geordnetes und heiteres Leben ich ersehnte und fürchtete, schienen mir von einem anderen Stern zu sein. Ich vertraute ihm blind, und zwar so sehr, daß ich eines Tages zu fragen wagte, was er über Fiammetta dachte. Aber er begnügte sich damit zu sagen, daß sie ein gut erzogenes Mädchen zu sein schien. In außergewöhnlichem Maße gegen die Bosheit der Welt gefeit, war er der einzige, der meiner Cousine Eleonora freundlich begegnete. Ohne daß meine Mutter davon wußte, gab er mir manchmal die Erlaubnis, etwas mit ihr zu unternehmen.

Ich weiß nicht, ob wir, sie und ich, gerade zum Kino Amedeo gingen, wo es jede Menge Western und Filme für Kinder und Pärchen gab, oder vielleicht durch den Arco Mirelli bis zur Torretta hinunter unterwegs waren, um frisches Schmalzgebäck zu holen, als ich mich entschloß, das Thema ein für alle Mal in Angriff zu nehmen. Keinen Widerspruch duldend, fragte ich Eleonora, wer Fiammetta sei und woher sie komme. Mit großer Überraschung stellte ich fest, daß Eleonora nur wenig von ihr wußte. Sie sagte lediglich, Fiammetta lebe seit einigen Jahren bei ihrer Tante in Neapel, ihre Mutter sei tot und ihr Vater auch oder vielleicht doch nur die Mutter, vom Vater sei jedenfalls nie die Rede, und die Tante sei wunderschön und sehr elegant. Daß sie, Eleonora, sich außerdem, im Gegensatz zu mir, nicht in die Angelegenheiten anderer Leute mische. Dennoch fragte ich, was für ein Mensch die Tante sei. Was für ein Mensch soll sie schon sein, gab sie widerwillig zur Antwort.

Dann kam endgültig der Sommer, der letzte Sommer, den ich in Neapel verbrachte. Immer öfter sang meine Mutter die schmachtenden neapolitanischen Liebeslieder, die ich nie mehr vergessen habe, *Anema e core* oder *Accarezzame*, während mein Vater neapolitanische, amerikanische und französische Lieder sang, an die ich mich nur schwach erinnere. Meine Tante, die dabei war, für sich und ihre Kinder eine Wohnung einzurichten, sang sogar Opernarien, wenn sie mit ihrem Liebhaber telephonierte. Ich ging schwimmen, so oft ich konnte, das Meer war mein Reichtum, mein unendliches Glück.

In diesem Sommer ereigneten sich eigenartige Dinge. Es war, als hätten Sonne und Meer die in den dunklen Monaten angestaute schlechte Laune ausgelöscht. Meine Tante hatte sich endgültig in ihrem neuen neapolitanischen Leben eingerichtet und war im Begriff, von der Via Crispi in eine Wohnung am Parco Grifeo zu ziehen. Sie arbeitete inzwischen fest in einem städtischen Unternehmen, in einer untergeordneten Stellung als Angestellte, die ihr trotz ihrer Arroganz, doch wegen ihres leidenschaftlichen Glaubens an den Kommunismus vollkommen angemessen erschien. Meine Großmutter war freundlicher und wohlwollender als sonst, vielleicht, weil die Aussicht, bald weniger Menschen um sich zu haben, sie erleichterte. Erstmals fiel mir auf, daß sie als einzige in der Familie feste Zeiten einhielt, die so streng geregelt waren wie ein disziplinierter Arbeitstag. Sie stand jeden Tag um ein Uhr auf, machte ein wenig Toilette und fing dann gegen zwei zu kochen an, wobei sie außerordentliche Behendigkeit und Genauigkeit bewies. Häufig bereitete sie wunderbare Makkaroni mit einer dicken, dunklen Soße zu, die das Hausmädchen vormittags stundenlang hatte kochen lassen; wir gaben manchmal Parmesan, manchmal Ricotta darüber. Obwohl ihre Hände, seit eh und je an die nervöse Reglosigkeit von Spielern gewöhnt, eigenartig träge und ungeschickt waren, stellte sie im Handumdrehen mit Ricotta und Ei gefüllte Panzerotti oder kleine Pizzen her. Zu ihren kulinarischen Bravourstücken gehörten Fleischklößchen mit Petersilie und gebackene oder gratinierte Sardellen. Bisweilen bereitete sie ausschließlich mir zu Ehren Lammkoteletts à la Villeroy zu, das einzige Fleisch, das ich damals gern aß. Auch, weil die Koteletts in Silberpapier gewickelt auf den Tisch kamen und wie Kleinodien aussahen. Nach dem Essen ging meine Großmutter wieder zu Bett, das sie sorgfältig selber glatt strich, wenn sie sich nachmittags um vier endgültig erhob. Dann nahm sie ein langes Bad, kleidete sich nun richtig an und schminkte sich ziemlich stark. Von sechs bis acht empfing sie den Besuch von Bekannten, im allgemeinen Freundinnen aus der Jugendzeit, ehemalige Schülerinnen von Sacre Coeur wie sie. Das Haar dieser alten Damen war selten grau, sondern meist silberblau oder rötlich wie ihres, eine Art strohiges Rot, das nicht alten Glanz erneuerte, sondern wie eine Hommage an das Alter erschien. Ich weiß nicht, ob es die altersschwachen Augen oder Nachlässigkeit waren, aber immer liefen die grellroten Lippenstifte, die diese alten Damen alle benutzten, an den Mundrändern etwas aus. Anschließend, gegen acht, rief Großmutter ein Taxi und ließ sich zum Kartenspielen in den Club bringen, um jeden Morgen regelmäßig gegen sieben wieder zurückzukehren.

Eines Nachmittags jedoch, meine Vettern und die Tante waren schon ausgezogen, und ich war zweifellos einsamer denn je, beschloß Großmutter, mich zu den Nachbarn von nebenan zu begleiten, deren Kinder kaum älter waren als ich. Es war ein außergewöhnliches Ereignis, denn tagsüber ging sie ja nie aus, so, als wäre der Tag nur eine farblose Vorbereitung auf die Vergnügen der Nacht, in ihrem Fall auf das einzige, was sie interessierte, das Kartenspiel. Auch für die anderen Erwachsenen um mich herum war die Nacht für jeden auf seine Art wichtiger als der Tag. Damals gewöhnte ich mich daran zu glauben, das wahre Leben habe die Farbe der Nacht.

Dasselbe galt, doch das wurde mir erst Jahre später bewußt, auch für die Familie Alfano, zu der mich meine Großmutter an jenem Nachmittag hinüberbrachte. Ich wußte, daß es Leute waren, mit denen meine Familie in den Kriegsjahren eng befreundet gewesen war. Der Vater war jener Freund, mit dem meine Eltern nach dem 8. September auf einem Handkarren nach Neapel zurückgekehrt waren. Mir schienen sie ganz anders zu sein als wir, und ich fand sie sehr anziehend. Die Alfanos waren weder Snobs noch Nostalgiker, und sie waren unübersehbar reich. Aber es war kein ordentlicher und eleganter Reichtum wie bei den Eltern meiner Schulkameradinnen. Ihre große und unordentliche Wohnung, die neben unserer lag, war vollgestopft mit Möbeln und kostbaren sowie geschmacklosen Dingen. Die Mutter war eine schöne dunkle Frau, herzlich und ruppig zugleich. Sie trug einen schweren, schwarzen Zopf im Nacken zusammengedreht, eine Frisur, wie ich sie nie zuvor gesehen hatte, es sei denn auf Illustrationen. Die Kinder waren zu dritt, zwei Mädchen und ein Junge. Glauca und Flavio, die jüngeren, waren auf eine fröhliche Art ausgesprochen unerzogen, und Cetta oder Cettina, die älteste, damals gerade dem Kindesalter entwachsen, war so aggressiv zurückhaltend und schweigsam, wie es nur Frauen sein können, die verzweifelt leidenschaftlich sind. Zur Begrüßung meiner Großmutter tauchte sogar der Vater auf, ein schnauzbärtiger Riese mit einem Glas Whisky in der Hand, der gleich danach wieder verschwand. Mir mir befaßte sich niemand. Glauca, damals dreizehn und vom Aussehen her wie ein Junge, und Flavio, kaum älter als ich, forderten mich allerdings auf wiederzukommen, um mit ihnen zu spielen. Ich hatte eigentlich keine Lust dazu. Wenn, dann nur aus einen einzigen Grund: Flavio sah sehr gut aus. Mit seiner dunklen, schimmernden Haut und Augen wie schwarzen Perlen glich er einem Sarazenen-Prinzen. Sein ständiges Lächeln war ironisch und verschmitzt, und er hatte, ungewöhnlich für einen Jungen, schneeweiße, strahlende Zähne.

Ich spitzte wie üblich die Ohren und fand auf diese Weise in den folgenden Tagen heraus, daß der Vater zwar offiziell mit Holz handelte, aber im Krieg durch den Schwarzmarkthandel reich geworden war und auch jetzt noch undurchsichtige Geschäfte betrieb. In Wirklichkeit waren er und die Mutter der Kinder nicht verheiratet, obwohl alle taten, als wären sie es. Er hatte bereits eine Frau oder vielleicht auch zwei und da und dort verschiedene andere Kinder. Sie war zwanzig Jahre jünger als er. Fügsam und unbefangen hieß sie die Kinder der anderen Gattinnen oder Geliebten willkommen, wenn sie sich bei ihr einstellten. Alle beide bekannten sich als Kommunisten. Flavio, die große Liebe von Mutter und Schwestern, war beispiellos verwöhnt und verzogen. Ihre Herkunft kümmerte sie nicht, und unübersehbar neureich war ihr üppiger Wohlstand. Dennoch galten sie bei uns als echte Freunde, weil sie mehr oder weniger so chaotisch waren wie wir. Und vor allem, weil sie, außer Glauca, alle sehr schön waren.

In unserem Familienkodex galt Schönheit als höchste Tugend: alle erwachsenen Bewohner des Schiff-Hauses waren schön oder waren es einmal gewesen – sogar die Schönheit meines Großvaters, der nicht mehr bei uns war, wurde immerfort gepriesen. Ja, das einzige, was man an ihm schätzte und sich noch von ihm erzählte, war, daß er ein Mann von seltener Schönheit gewesen sei, nach dem sich die Leute umdrehten, wenn er durch die Straßen ging. Daß dies keine Lügen waren, bezeugten einige Photos, die es von ihm gab. Von der Tatsache abgesehen, daß er schön und in Zypern geboren und viel gereist war, vier Sprachen und einige arabische Dialekte sprach und nach der Hochzeit mit meiner Großmutter in Neapel das kleine Vermögen, das er als Sohn levantinischer Geschäftsleute mitbrachte, verspielt hatte, erfuhr ich über ihn nichts. Ich wußte nicht, welcher Arbeit er nachgegangen war, warum er da und dort gelebt hatte, bevor er sich in Paris niederließ; es hieß, er sei so etwas wie ein Diplomat gewesen. Aber Diplomat ist man oder man ist es nicht. Also begann ich bald zu glauben, daß er ein Spion gewesen sei. Mit demselben Ernst, mit dem man über eine Person sagen kann, das ist ein tüchtiger Chirurg oder ein genialer Wissenschaftler, hieß es bei uns, jemand sei schön. Schöne Menschen zu entdecken tröstete sie, dem Reichtum hingegen maßen sie kein Gewicht bei, vor allem, wenn er nicht ererbt war, und die tätigen Tugenden wurden verachtet.

Trotz dieser eisernen Familienethik war es – unter den anderen Merkwürdigkeiten dieses Sommers – ein Ereignis, daß es bei meinem Vater endlich mit einer Arbeit geklappt zu haben schien. In den vorhergehenden Jahren war alles mit derselben Schnelligkeit und Leichtigkeit gescheitert, mit der etwas begonnen hatte. Mit einem Freund hatte er, zwischen Rom und Neapel pendelnd, einen Filmverleih aufziehen wollen, der bald fehlschlug. Mit einem weiteren Freund hatte er anschließend ein hochelegantes Nachtlokal eröffnet, das er noch eleganter so schnell wie möglich wieder abgab. Mit wiederum einem anderen Freund hatte er noch im letzten Winter das bei weitem ruinöseste Unternehmen auf die Beine gestellt: eine kleine Zeitschrift für Veranstaltungen und kulturelles Leben, wie es in London und Paris schon welche gab. Die Zeitschrift hatte sich nicht nur für die Dauer ihres kurzen Lebens als Katastrophe erwiesen; sie hinterließ ihm auch eine untilgbare und ungetilgte Spur von Schulden.

Mein Vater, nach dem Bekunden aller einst ein sehr disziplinierter und obendrein heldenhafter Soldat, verweigerte sich nach dem Krieg allmählich jeder Form von Arbeitsdisziplin, weil er vermutlich eine unbewußte Verachtung für das bürgerliche Leben hegte. Die Luftfahrt war seine Rettung gewesen, die Flugzeuge seine geflügelten Erzengel, die einzigen, die ihn vor der moralischen und materiellen Unordnung retten konnten, die Tag für Tag mehr in die Welt seiner Familie vordrang. Er war kein Faschist gewesen und hatte den 8. September vielmehr als persönliche denn als kollektive Schande erlebt. Die Enttäuschung hatte es ihm verboten, seine militärische Karriere nach dem Krieg fortzusetzen, denn er war ein Idealist und kindlicher Träumer. Das konnte er niemandem anvertrauen außer mir, und er tat es an den langen Abenden, wenn nur er und ich zu Hause geblieben waren. Die Kriegszeit erfüllte seine Gedanken und Erinnerungen, und lebhaftes Bedauern war in seiner Stimme, wenn er davon erzählte, wie ihn eine Granate an der Wade verletzt hatte, von der Härte, aber auch von dem tadellosen Umgangston im Offizierscamp in Afrika, und von den Duellen mit englischen Bombern am afrikanischen Himmel. Diese Bomber, sagte er, waren schneller und den italienischen an Feuerkraft überlegen. Um sich nicht abschießen zu lassen – vielleicht auch, um sie abzuschießen –, galt es, unbedingt an Höhe zu gewinnen, nach oben zu steigen, immer höher hinauf, weil sie ihm dorthin aus ich weiß nicht welchem technischen Grund nicht folgen konnten. Auch heute noch, aus der Distanz vieler Jahre, stelle ich mir manchmal meinen Vater in seinem Flugzeug vor, wie er, ins Unendliche emporsteigend, mit Umsicht und Mut dem feindlichen Angriff entgeht, und die Vorstellung von ihm dort oben, in der Sicherheit der Himmelshöhen, gefällt mir. Aber in dem neapolitanischen Leben, das er damals wiederaufgenommen hatte, gelang es ihm kaum, aus dem Erdgeschoß heraus, in dem wir wohnten, an Höhe zu gewinnen. Im Gegenteil, er sackte jeden Tag ein wenig tiefer ab, stand morgens immer später auf, der Schlaf wurde zur Sucht, wie eine Art Droge, und er konnte sich nicht entschließen zu arbeiten, es sei denn im trügerisch schützenden Schatten eines echten oder vermeintlichen Freundes. In jenem Sommer schien der neue Freund, in dessen Obhut er sich begegeben hatte, gut zu funktionieren, so daß auch mein Vater gut funktionierte. Der Freund war Zeichner, und gemeinsam sollten sie die Ausstattung einiger Pavillons der neuen Überseemesse besorgen. Manchmal begleitete ich sie und fand es sehr unterhaltsam, aber häufig war es nicht möglich, und ich blieb zu Hause, ohne Spielgefährten, ohne Zerstreuung. Natürlich war da meine Mutter, die stets sehr zärtlich war, mich aber nicht mit Geplauder und erfundenen Spielen zu unterhalten verstand wie mein Vater. Außerdem war sie damals ganz besonders mit sich selbst beschäftigt, einmal düster, dann wieder heiter gestimmt, als ob sie in sich etwas ausbrütete, das hell und finster zugleich war. Da ich mich so offensichtlich langweilte und immer trübsinniger wurde, erhielt ich von ihr eines Nachmittags die Erlaubnis, zu den Alfanos hinüberzugehen.

Ich war sehr erregt, fast gelähmt bei der Vorstellung, Flavio wiederzusehen. Doch weder er noch Glauca gerieten bei meinem Anblick in Erregung. Eine Zeitlang schauten sie mich an, er wie gewohnt mit dem schmalen Lächeln eines eiskalten Verführers, dann, ohne mich groß zu Rate zu ziehen, sagten sie, sie wüßten ein schönes Spiel für mich. Ich dürfe freilich niemals und mit niemandem darüber reden – ein Versprechen, das mir leichtfiel, denn ich sprach fast niemals mit jemandem über irgend etwas. Sie führten mich über ein Treppchen zu der weitläufigen Terrasse hinauf, die sich über die gesamte Fläche der Wohnung erstreckte. In der Mitte war ein kleines Haus, das einen gut möblierten Raum und ein Bad umfaßte. Das Spiel bestand darin, daß Flavio so tat, als sei er ein Playboy (oder vielleicht tat er nicht so, sondern probte das, was er als Erwachsener eine Zeitlang tatsächlich war), und seine Schwester spielte den höflichen Butler des Hauses, in das man mich, das harmlose junge Ding, das verführt werden sollte, eingeladen hatte. Das Spiel war in keiner Weise erotisch und wollüstig, so wie jenes, das meine Cousine mit Fiammetta gespielt hatte; es war eine echte Simulation.

Flavio lud mich mit galanten Handbewegungen ein, auf dem kleinen Sofa Platz zu nehmen, und legte dann den Arm um mich. Unterdessen präsentierte sich Glauca mit einem Silbertablett, auf dem zwei Gläser und eine echte Flasche Champagner standen – die Familie war tatsächlich verschwenderisch. Eine Zeitlang lehnte ich ab. Doch dann sollte ich, nach einem neckischen Prost, wenigstens so tun, als ob ich einen Schluck nähme. Ansonsten geschah eigentlich nichts, von den einverständigen Gesten, dem Lächeln zwischen den Geschwistern abgesehen. Sie wollten eine Atmosphäre schaffen, ein Ritual heraufbeschwören, von dem sie offenbar viel gehört hatten, vielleicht von der ältesten Schwester oder den größeren und unbedachten Stiefgeschwistern, die bei ihnen zu Hause herumliefen. Flavio mußte mich in Wirklichkeit wohl abscheulich finden, klein, unbedeutend und unbedarft, wie ich war. Wäre Fiammetta an meiner Stelle gewesen, dachte ich, wäre alles so perfekt gewesen, wie sie es gern gehabt hätten. Ich dachte auch – oder besser, dieser Gedanke brannte sich wie ein Feuermal in meine Vorstellung ein –, daß die Liebe nicht aus langen Verlobungszeiten bestehe, die zu einem gemeinsamen Leben und einer stabilen Ehe hinführen, sondern aus jener Zeremonie, von der ich einen flüchtigen Eindruck erhalten hatte, dem Spiel der Verführung ohne ein Morgen.

Im übrigen kannte ich wenig rechtschaffene Familienväter, galante Verführer aber viele. Zu den ersteren gehörten zum Beispiel die drei älteren Söhne meiner Großmutter, die ihr, wie ich glaube, gehorsam und widerwillig eine kleine Rente zukommen ließen. Alle drei waren reich, ernsthaft berufstätig und sehr häßlich. Als hätte sich die Familie deutlich in zwei Stämme geteilt: die Schönen, die das Unglück verfolgte – meine Großmutter und ihr jüngerer Bruder, Eleonoras betrügerischer Vater –, denen durch

Mesalliancen, diverse Laster und Eitelkeiten jeglicher Sinn für die Familienehre abhanden gekommen war. Obschon immer siecher, konnten sie nicht aufhören zu singen, zu spielen und eitel von früherer Blaublütigkeit und Adel zu raunen. Und es gab die Häßlichen, Fleißigen, die grauen Reichtum anhäuften und bürgerliche Wohlanständigkeit pflegten. Die Häßlichen – abstoßende, schielende Geschöpfe, mit Zähnen wie Menschenfresser und krummen Gliedern – betrachteten die Erwachsenen meiner Horde mit mißbilligendem Abscheu und mich mit freundlichem Erbarmen, felsenfest davon überzeugt, mit mir werde es ein schreckliches Ende nehmen. Ich mochte sie weder, noch bewunderte ich sie. Auch wenn ich, ohne es zu wissen, begann, ihnen etwas zu neiden, wovon ich damals nicht wußte, was es sei. Erst später, als dieser Neid angesichts anderer ordentlicher Familien, in denen ich verkehrte, immer verzehrender brannte, begriff ich, daß es nicht Wohlstand und Sicherheit waren, sondern die Achtbarkeit.

Die Verführer hingegen liebte ich sehr. Zuallerst die griechisch-amerikanischen Vettern meines Vaters, insbesondere einen, der in Amerika Mode machte und angeblich wunderschöne Frauen hatte. Oder den Patriarchen Alfano, der manchmal meiner Großmutter seine Aufwartung machte und zu mir besonders freundlich und väterlich war. Sogar den einen oder anderen der jungen Kommunisten, die ich inzwischen kennengelernt hatte, den Verlobten meiner Tante und irgendeinen anderen, alle kaum älter als Jungen, deren Reiz als Verführer kameradschaftlich und körperlos war. Vor allem jedoch bezauberte mich einer von Urgroßmutter Evelinas Getreuen; er spielte den Verführer wohl mehr oder weniger professionell. Ein junger Mann, natürlich ebenfalls aus guter, aber ruinierter Familie, nicht allzu schön, aber sehr frech. Man nannte ihn Sciscìò – seinen richtigen Namen erfuhr ich nie. Er verfuhr mit allen Frauen, auch mit Urgroßmutter und mir, wie mit potentiellen Eroberungen, kannte sämtlichen pikanten Klatsch und gab unaufhörlich amüsante Geschichten zum besten. Bisweilen, verblüffende Sprachtalente offenbarend, rezitierte er Strophen aus alten Gedichten auf neapolitanisch. Ich fand Sciscìò besonders anziehend, nachdem ich mitbekommen hatte, daß es zwischen ihm und Fiammettas Tante, die beide im selben Club verkehrten, eine flüchtige und geheimnisvolle, also sexuelle Verbindung gegeben hatte.

Bei mir zu Hause war natürlich niemals von Sexualität die Rede, jedenfalls nicht vor mir, obwohl sich doch alle dem unaufhörlichen, erregenden und ruinösen Verführungsspiel liebend gern hingaben. Meine Mutter war mir gegenüber von krankhaftem Puritanismus, sie kleidete mich wie ein Kind aus den zwanziger Jahren und achtete darauf, daß kein Hauch von Koketterie meine Kleidung verunzierte. Mein Haar zurrte sie in zwei lächerlichen Büscheln über den Ohren zusammen oder klemmte es mit entsetzlichen schwarzen Eisenspangen zurück, weil die Stirn unbedingt frei zu sein hatte; Pferdeschwanz oder Ponyfransen lockten unmißverständlich das Böse hervor, das die Weiblichkeit in sich barg. Sie machte mir klar, daß ein kleines Mädchen beim Gehen stets die Augen niederzuschlagen hat. Sehr gehemmt waren auch die anderen Erwachsenen, ausgenommen vielleicht mein Vater mit seiner beharrlich knabenhaften Wesensart. Selbst meine Großmutter in ihrer verbalen Kühnheit verließ nie das Terrain von gutem Ruf und schlechtem Benehmen, da die vornehmste Moral für sie nur eine Frage guter Erziehung war. Das hatte bei mir sowohl zu extremer Schamhaftigkeit, deretwegen man mich natürlich neckte, und sehr handfester Neugier geführt. Die Strophen der neapolitanischen Lieder und nebenher aufschnappte Gesprächsfetzen erklärten mir die erotische Seite des Lebens, nicht in Einzelheiten, aber sehr überzeugend. In den Gesten meiner Eltern spürte ich im übrigen keinerlei körperliche Zärtlichkeit, und in den Ehen meiner grauen, unschönen Großonkel schon gar nicht. In meiner völligen Unwissenheit kannte ich auch die elementarsten Verteidigungmechanismen nicht, die Listen und die Fallstricke, die in dem Kampf zwischen Männern und Frauen zum Spiel gehören. Fiammetta, dem schlechten Ruf ihrer Tante preisgegeben, war der Fokus, in dem sich das Wenige bündelte, das ich wußte, jenes Durcheinander, das ich intuitiv als Sexualität erfaßte. Wenngleich selbst noch keine Akteurin, war sie mit ihren glänzenden schwarzen Augen, die stets anderswohin blickten, doch eine wissende Zeugin.

Mehr als alles andere auf der Welt wünschte ich mir –

und fürchtete mich zugleich davor –, ich könnte sie in ihrem verbotenen Zuhause, der Wohnung ihrer Tante in der Via dei Mille, besuchen. Aber daran war nicht zu denken. Unverhofft und spielerisch erhielt ich im Sommer der Merkwürdigkeiten eine Kostprobe ganz anderer Art vom Geheimnis des Fleisches. Ich hielt mich zusammen mit meinem älteren Vetter in Urgroßmutters Wohnung auf, als, wie es einmal in der Woche geschah, soeben zwei große Spieltische hergerichtet wurden: einer zum Poker für die Allerälteste samt ihrem Kreis von Achtzigjährigen und ein großer halbrunder Tisch für meine Großmutter, ihre aufgeputzten Freundinnen und einige bejahrte Berufsspieler; in der Regel Rechtsanwälte, deren Arterien vom Zigarettenrauchen gehärtet waren und deren Körper der archaische und obsessive Kult des guten Benehmens versteift hatte. Die Vorbereitung für das Spiel war eine Zeremonie, die ich sehr liebte. Wenn es an der Zeit war, kam der Laufbursche vom Café Kaflish herein und brachte ein riesengroßes Tablett, das mit Törtchen beladen war. Zwei davon waren für mich, ich mochte nur diese Mohrenköpfe, ein Wunderwerk aus Biskuit und Schokolade, das irgendwann aus den Konditoreien verschwand. Unterdessen durfte ich für die Spieler Spielmarken für den Einsatz herrichten. Die Marken, gelb und grün und rot und blau, waren ein wunderbares Spielzeug, glatte Münzen, Kleinodien eines märchenhaften Glücksspiels. Ein Privileg, bei dem ich mich anstellig und gewissenhaft zeigte.

An jenem Abend war ich früher fertig als sonst. Ich

hatte mich in die Küche zu meinem Vetter gesellt, der in dem mit Eisenstäben vergitterten Erkerfenster, das auf den Innenhof hinausging, eine Art Bücherstand einrichtete. Mein Vetter wollte alte Zeitschriften, Bleistifte oder halbbeschriebene Hefte zu einem Preis verkaufen, der jeweils zwischen fünf und zehn Lire lag. Irgendwann fing er mit einem Jungen im Hof, auf der anderen Seite des Eisengitters, eine Unterhaltung an, die in ausgedehnte, lebhafte Verhandlungen um einen Bleistift mündete. Der Junge war nicht vom Haus, ein Gassenjunge, zerlumpt, doch in seiner Magerkeit elegant, schwarz und behend im Schatten des Innenhofes. Er sprach reines Neapolitanisch, das ich kaum verstand. An einem bestimmten Punkt sagte er, er wolle den Bleistift in die Hand nehmen, um zu sehen, ob er wirklich die verlangten fünf Lire wert sei. Mein Vetter antwortete, er sei doch nicht blöd, ergriff den Bleistift und ließ ihn verschwinden. Daraufhin sagte der Junge, ich solle ihn an der Hand fassen, und zwar so, daß ich ihn hinter dem Gitter festhalten könne, falls er zu fliehen versuche. Ich streckte die Hand aus, und mit einem heftigen Ruck zog er mich nach vorn, ich prallte mit dem Gesicht gegen das Fenstergitter, und er küßte mich auf den Mund. Es war ein richtiger Kuß, voller Glut und Geschmack.

Dann verschwand er blitzschnell in der Nacht, als wäre er nie dagewesen. Ich war benommen, stumm, und ich fragte mich, was geschehen war, und warum in mir ein nie empfundenes Gefühl von Stolz und Glück aufstieg.

An manchen Vormittagen brachte mich meine Mutter nicht ans Meer, sondern nahm mich mit zum Presseclub in den Park Villa Comunale, wo ich Rollschuhlaufen konnte. Noch mehr als in meinem geliebten *Sea Garden* ließ einem die Atmosphäre des Clubs glauben, Neapel sei ein Badeort. Der Himmel schimmerte in der Farbe des Meeres, das ganz nah, auf der anderen Seite des glänzenden Asphaltbandes der Via Caracciolo lag. Die Via Caracciolo war meine Lieblingsstraße. Zwischen der Balustrade des Bürgersteigs und dem offenen Meer zog sich ein schmaler Streifen brauner Felsen hin. Zwischen den Felsen und den Grundfesten des Bürgersteigs waren Bekken mit klarem Wasser eingelassen, worin wie in einem anständigen Hausaquarium kleine Fische schwammen. Diese Becken waren meine höchstpersönlichen Aquarien, mein geheimer Zugang zu den Tiefen des Meeres, in eine Wasserwelt, wo ich Ehrenbürgerin war und die mich notfalls vor dem mörderischen Zugriff irdischer Schwerkraft retten würde. Gegenüber, nicht weit vom Presseclub, lag das eigentliche Acquario, das Meeresbiologische Institut, das ich häufig mit meinem Vater aufsuchte. Vielleicht fand er in den künstlichen Abgründen seinen Fliegerhimmel wieder, mich jedenfalls bezauberten die Seerosen und Medusen, vor allem die Medusen, in deren durchsichtigen Tentakeln die hypnotische Macht schwereloser Leichtigkeit liegt. Für mich und meinen Vater war das Acquario eine private Welt. Das Dunkel seiner Räume schützte uns vor dem Dilemma des Alltags und verband uns im Zeichen einer ungezähmten, abenteuerlichen Imagination, der Liebe zu dem, was schön und damit auf natürliche Weise richtig ist. Das Acquario und seine Schätze waren die fürstlichen Reisen, die er mit mir hätte unternehmen wollen, denn Erziehung betrachtete mein Vater mit seiner aristokratischen Auffassung als Zuteilung von Gütern. In der kurzen Zeit, die wir zusammen verbrachten, verfügte er zwar über keinerlei materiellen Besitz mehr, war aber, ohne daß es aufgesetzt wirkte, bemüht, mir Güter anderer Art zukommen zu lassen. So las er mir in jenem Winter, als ich die Masern hatte und eine Woche lang das Bett hüten mußte, *Die drei Musketiere* vor und dramatisierte sie aus dem Stegreif, indem er für jede einzelne Person eine Stimme erfand. Als ich im Jahr darauf Windpocken hatte, trug er mir *Zwanzig Jahre später* auf dieselbe Weise vor.

Er liebte Frankreich, wo er aufgewachsen war, und brachte mir lauter komische französische Liedchen aus den dreißiger Jahren und Werbesprüche aus der Métro bei. Über die Entfernung hinweg liebte er auch Amerika, das er niemals sehen sollte: der Traum eines anderen Lebens, wo Tapferkeit, wie er meinte, auch ohne Uniform etwas galt. Seine Vorliebe für Western und Musicals gab er an mich weiter – an seinem Lieblingsfilm *Singin' In The Rain* gefiel ihm besonders die traumhafte Tanzszene von Cid Charisse, die ihre langen Beine unter Gene Kellys albernem, blassem Gesicht vorbeiwirbeln läßt. Seiner Liebe zu Amerika verdankte ich es auch, daß er mir fast jeden Abend als Gute-Nacht-Geschichte aus Walt Disneys Comics vorlas. Was das anbelangte, waren wir beide geradezu Experten, und er ließ mir die Heftchen in weiß kartoniertes Leinen binden. Sammelbände, die verlorengingen, als ich Neapel verließ.

Das Acquario führte uns beide zur Stille des Traumes zurück. Vor allem liebte ich die Medusen, ihre bernsteinfarbene, kristallene, opalisierende Fluoreszenz, als seien sie Geschöpfe einer Laterna Magica, die Wappenzeichen meiner Kindheit am Meer.

Medusengleiche Pirouetten drehten auch die Jugendlichen, die auf der Piste des Presseclubs Rollschuh liefen. Ich hingegen tat mich schwer. Mich lähmte die Angst meiner Mutter, die fürchtete, ich könne hinfallen, mit dem Kopf aufschlagen und auf der Stelle tot sein. Insgeheim beneidete ich die Kinder, die unbefangen waren und um deren Unversehrheit niemand bangte, Kinder wie Glauca und ihr Bruder, die liederliche Eleonora, der Gassenjunge mit dem Kuß, der in die Nacht verschwand, und natürlich Fiammetta, über die ich weiterhin nichts wußte.

Im Herbst meiner Abreise, der von der ersten Trübung des Sommerlichts und von kleinen und großen Katastrophen gezeichnet war, sah ich sie zum dritten und letzten Mal in meinem neapolitanischen Leben wieder.

Mitte September fand wie jedes Jahr das Feuerwerk statt, mit dem das Fest von Piedigrotta zu Ende ging und das oft auf die Nacht meines Geburtstags fiel. Für mich bedeutete es den Segen des Himmels, die Widerspiegelung der Meeresuntiefen im nächtlichen Golf. Ich wartete das ganze Jahr lang mit abergläubischer Angst darauf, als würde mir ohne das Feuerwerk ein wichtiger Teil meiner selbst genommen. In jenem September freilich ließ sich alles gut an. Die Alfanos hatten uns eingeladen, das Schauspiel von ihrer Terrasse aus zu verfolgen. Doch irgend etwas stimmte nicht. Meine Mutter, die längst jeden Abend mit ihren Kommunisten zusammen verbrachte, sagte, sie würde nicht mit uns kommen, während mein Vater, von Natur aus ein geselliger Mensch und dazu erzogen, anderen gegenüber fröhlich und höflich zu sein, erst um neun Uhr erschien, als sie bereits verschwunden war. Er wirkte sichtlich aufgewühlt, als hätte er getobt und geweint. Gleich einem Schiffbrüchigen wankte er verstört durch das lärmende Gewühl und war, anders als sonst, nicht in der Lage, an meiner Freude teilzuhaben. Auch die Familie Alfano bemühte sich in einer Weise um ihn, als wäre er nicht nur ihr Gast, sondern ein überaus bedauernswerter Mensch.

Die Stimmung besserte sich auch in den folgenden Tagen nicht. Im Gegenteil, sie wurde, offenbar durch meine Schuld, noch schlechter. Gemma hatte mir angekündigt, daß am zwanzigsten des Monats im Floridiana-Park eine Hundeausstellung mit Preisverleihung stattfinden würde – eine große Chance für sie und ihren Hund. Ihre Freundinnen sollten sie auf jeden Fall begleiten. Mein Vater, stets allem Festlichen und Fröhlichen zugeneigt, gab mir, ohne daß meine Mutter davon wußte, heimlich die Erlaubnis. Ich zog los, um Gemma und den schottischen Schäferhund zusammen mit Eleonora abzuholen. Gemma trug ein hautenges Kostüm aus leichtem cremefarbenem Gabardine und übte unverdrossen, gleichermaßen Hintern und Haare hin- und herschwingen zu lassen, bis sie endlich das Haus verließ, fest an die Leine des Hundes geklammert, der sie wie ein guter Geist zur *High Society* der Tiere und Menschen führen sollte.

Mein Ziel war insgeheim Fiammetta. Doch sie konnte nicht kommen. Ein Anflug von Versagen und Angst begann den Tag zu überschatten. Zudem mochte ich den Vomero nicht, der mir im Vergleich zu dem vertrauten Viertel – zwischen der Via Chiaia und Piazza dei Martiri, Piazza della Vittoria, Posillipo und dann wieder zurück zur Via Crispi – wie eine andere Stadt vorkam. Ich war einige Male auf dem Vomero gewesen, da mein Vater dort Kleider für mich nähen ließ. Die Schneiderin bewohnte eine ordentliche und trostlos wohlanständige Wohnung, anders als die der Schneiderin meiner Mutter, deren Wohnung in der Nähe der Torretta schmutzig, bunt, voller Betten und Stoffetzen war. Wohnung und Vomero hatten etwas Seltsames an sich. Ich spürte dort weder die ewige Vergangenheit, in der wir und unsere Familie lebten, noch die ewige Gegenwart, die die Zeit des Zaubers und der Verzauberungen des neapolitanischen Volkes ist.

Die Ausstellung wollte nicht enden. Nach dem Defilee der Hunde und dem Spaziergang in den schattigen Alleen des Floridiana-Parks fand eine endlose Preisverleihung statt, Gemmas Hund sollte eine Erwähnung ehrenhalber erhalten. Ich war unruhig und angespannt. Der Zeitpunkt, zu dem ich hätte zu Hause sein sollen, war schon um einiges verstrichen. Doch niemand beachtete mich. Meine Cousine kam und ging, sorglos und gutgelaunt wie immer. Gemma, siegreich an die Hundeleine geklammert, fuhr fort, sich in den Hüften zu wiegen. Von den Herren der *High Society*, von denen sie so schwärmte, erntete sie dafür anzügliche Blicke und einige wenige Sätze plumper Bewunderung. Es war schon dunkel, als wir uns endlich auf den Weg machten. An der Zahnradbahnhaltestelle Parco Margherita stieß ich auf meine wartende Mutter, die mich mit einem Blick voll Wut und Abscheu von den anderen und dem Hund fortzerrte. Am nächsten Morgen teilte sie meinem Vater mit, sie habe nicht vor, mich dieses Jahr erneut bei den Nonnen anzumelden, da wir ja das Schulgeld nicht bezahlen könnten. Ich geriet in Verzweiflung, mein Vater ebenso. Doch sie blieb hart. Danach wurde über die Schulfrage der Mantel der Scham gedeckt, als ob es in Neapel keine öffentlichen Schulen gäbe. An den Streitereien zwischen Großmutter und Vater, die sich inzwischen mit regelmäßiger Häufigkeit wiederholten, wurde mir klar, daß Großmutter erwartete, nach der Tante werde nun auch mein Vater ausziehen. Es war, als wäre der Startschuß zum Verlassen des Schiff-Hauses gefallen – nur daß es keine

Rettungsboote gab. Das begriff ich mit jenem Tag, an dem ich mein Fahrrad verschwinden sah, ein sehr teures, metallfarbenes Rad der Marke *Atala*, das aussah wie aus Gold und in den Alleen der Villa Comunale mein Zauberpferd war. Mein Vater hatte es kürzlich in einem Moment der Euphorie gekauft und offenbar in einem Moment der Verzweiflung wieder verkauft. Weil es zu Hause so trostlos war, aßen Vater und ich und seltsamerweise manchmal auch meine Mutter, die jetzt weniger ausging, in einem Milchladen am Anfang der Via dei Mille zu Abend. Es war ein Lokal mit einer Theke am Ende, und es war lang, schmal und weiß gekachelt. Die Tische waren mit weißem Papier gedeckt und in doppelter Reihe die Wände entlang hintereinander aufgestellt. Das Licht war sanft und himmelblau. Man konnte Mozzarella, Scamorza oder Eier essen. Und als ich dort von meinem Spiegelei aufblickte, sah ich Fiammetta erneut.

Sie saß mit ihrer Tante an dem Tisch neben der Tür, steif, gerade, artig, den Kopf über den Teller geneigt. Sie aß wohlerzogen, ohne umherzuschauen und zu reden. Sie trug ein hellblaues Pulloverchen, aus dem der runde Kragen einer weißen Bluse lugte. Ein schwarzes Band hielt ihre langen Haare zurück. Sie wirkte wie ein sehr junges, scheues Mädchen. Zum ersten Mal sah ich ihre Tante, eine schmächtige Frau mit hellen Farben, rosig glänzte die Haut unter dem kurzen aschblonden Haar. Mit einem grauen Pullover, aus dem ein weißer glatter Kragen schaute, einer Perlenkette und zwei kleinen Perlohrringe war sie elegant und schlicht gekleidet. Sie aß ebenfalls schweigend, mit langsamen und sehr anmutigen Bewegungen.

Sie sah Fiammetta nicht ähnlich. Alles an ihrer Nichte war dunkel und geheimnisvoll, sogar jetzt, da sie mir so jung erschien. An der Tante dagegen war alles hell und klar, sogar das Lächeln für den Chef des Milchladens, als er ihr die Rechnung brachte. Es war das liebenswürdige Lächeln eines Menschen, der nicht daran gewöhnt ist, Melancholie zu verbergen. Fiammetta und die Tante waren nach uns hereingekommen, und sie brachen vor uns auf. Kurz bevor sie aufstanden, kam eine kleine, alte, ärmlich gekleidete Frau herein, die von der Tante ehrerbietig begrüßte wurde. Fiametta stand auf, schob den Stuhl zurecht und schlüpfte in einen dunkelblauen Redingote-Mantel, knöpfte ihn sorgfältig zu und folgte der alten Frau mit gesenktem Kopf auf die Straße hinaus. Sie sah mich nicht, und ich sprach sie nicht an. Gleich danach erhob sich die Tante, die tatsächlich schmächtig und sehr anmutig war. Sie zog einen Kamelhaarmantel mit einem kleinen gefleckten Pelzkragen über, grüßte mit der Hand kurz zur Theke des Besitzers hin und verschwand in der Nacht.

Meine Mutter sagte mir ein paar Tage darauf, daß wir nach Rom fahren würden, um meine andere Großmutter, ihre Mutter, zu besuchen. Ich nahm weder meine gebundenen Comic-Heftchen noch die Bücher oder das Spielzeug mit, abgesehen von einem Puppenbub aus Gummi und einer Mäusefrau aus Filz, die mir mein Vater aus Frankreich mitgebracht hatte und von denen ich mich niemals trennte. Die Mäusefrau hieß Cenerella und war eines der Mäuschen, die Walt Disneys Aschenbrödel zur Hand gehen. Der Puppenbub hieß Piero; in Italien gab es keinen seinesgleichen. Wir nahmen zwei kleine Koffer mit, sonst nichts. Ich weiß heute nicht mehr, wie ich mich von meinem Vater und den anderen verabschiedete. Noch wußte ich damals, daß ich das Schiff-Haus für immer verlassen hatte.

Rom nach 1956

Einige Tage nach unserer Ankunft in Rom ging meine Mutter mit mir ins Kaufhaus Cim. Mit uns kam eine ihrer Cousinen, die ebenso alt war wie sie und in der Nähe in der Via XX. Settembre wohnte. Es war die einzige Verwandte, die wir, von meiner Großmutter abgesehen, in dieser Stadt hatten. Das Kaufhaus Cim war ein moderner Bau, ein großer Glaskubus ähnlich einem amerikanischen Wolkenkratzer, aber niedrig und breit – heute, ganz spiegelnder Glanz, ist dort eine Filiale der Banca d'Italia untergebracht. Innen verteilten sich die Abteilungen über mehrere Stockwerke, die wie nach innen gekehrte Ränge aussahen; genauso wie im Kaufhaus Rinascente an der Piazza Colonna, in das wir mit der Cousine, die ich Tante nannte, ebenfalls manchmal gingen. Das Rinascente gefiel mir, dort fühlte ich mich, als sei ich in Amerika oder Paris. Im Cim nicht.

An diesem Oktobertag, der grau war wie all die Tage, die ich seit meiner Ankunft in Rom erlebt hatte, als wäre die Stadt mit Blei überzogen und als gäbe es dort nicht nur kein Meer, sondern auch keinen Himmel, führten mich Mutter und Tante in die Kinderabteilung für Schulbekleidung. Dort sollte ich mit Hilfe einer ziemlich ungeschickten und entmutigenden Verkäuferin weiße Kittelschürzchen anprobieren. Da die Tante, die im Unterschied zu uns reich war und eine unserer anstrengenden Wohltäterinnen werden sollte, bezahlte, bezweckten diese Anproben wohl bloß, sie davon zu überzeugen, daß der einfachste und damit billigste Kittel auch der beste sei. Während ich in die Kittelchen schlüpfte, wurden die Augen meiner Mutter immer leerer und fremder, ein Ausdruck leidgeprüfter Zerstreutheit, den auf ihrem Gesicht wiederzuerkennen ich bald gelernt hatte. Für sie und für mich war die weiße Kittelschürze wie eine Gefängnisuniform. Das große Kaufhaus erschien mir wie der Einkleideraum einer Haftanstalt.

In Neapel bei den französischen Nonnen in der Via Crispi hatten wir zweierlei Uniformen, eine blaue für den Winter und eine hellblaue für die Frühjahrsmonate, die anders als in Rom mehr als Vorstufe des Sommers und nicht als Abschied vom Winter galten. Unter der blauen Uniform trug man eine hellblaue Bluse und unter der hellblauen eine weiße. Wenn wir gute Fortschritte im Lernen machten, erhielten wir ein Ehrenband, das schräg über der Uniform getragen werden durfte, und es glänzte und strahlte so blau wie ein Wappenschild. Zeigten wir gute Fortschritte in Lernen und Benehmen, war das Band leuchtend rot. Ich bekam das Fortschrittsband häufig: das Hellblau meiner Bluse, das Blau der Uniform, das Azurblau des Bandes ergänzten einander wunderbar, es war, falls wir unverhofft ins Paradies hätten eingehen sollen, ein Aufzug ohne Fehl und Tadel. Auch weil die Schneiderin meiner

Mutter meine Uniform zuschnitt, indem sie die Stoffkanten und Falten zentimeterweise auf den zarten Gliedern meines Körpers in Form legte und nicht auf solch groben, häßlichen Kinderfiguren aus Plastik, wie sie geistergleich in der Schulabteilung des Cim mit einer Schultasche in der Hand aufgestellt waren.

Kaum in Rom, hatte sich meine Mutter die Frage nach meiner Schule gestellt und mit ihrer Mutter eine unsinnige Debatte über die englischen Fräulein, das heißt die Schulschwestern in der Via Nomentana, begonnen. Bis ich – zum ersten Mal in meinem Leben eine Autorität – selbst eingriff und, der ungelösten Frage des Schulgelds eingedenk, darauf bestand, eine öffentliche Schule zu besuchen. Ich setzte mich durch. Aber ich hatte nicht die Kittelschürze und schon gar nicht die scheußliche knallblaue Schleife bedacht – ein völlig anderes Blau als das unseres Ehrenbandes –, die wir vorschriftsmäßig um den Hals zu tragen hatten. Sie durfte auch nicht zu einem Schmetterling oder einem einfachen Schleifchen gebunden werden, wie meine Mutter und ich gehofft hatten. Auf der aufdringlich prallen Brust der überheblichen Mädchen, die in jenem Grundschuljahr meine Schulkameradinnen waren, prangte das knallblaue Band wie ein monströser Auswuchs, ein unübersehbares Zeichen einer Welt ohne Grazie, in die man mich herabgewürdigt hatte. Als wir aus dem Cim traten, ich mit der verpackten Kittelschürze mitsamt der Schleife unter dem Arm, goß es in Strömen.

In der Stadt, die damals zu Beginn des Herbstes ein Regen ohne Ende heimsuchte, kam mir meine Schule, ein großes gelbliches Haus aus der Zeit Umberto I., mit den weitläufigen, gleichförmigen Räumen noch häßlicher vor. Voreingenommen durch die Sichtweise meiner Eltern und obwohl ich darauf beharrt hatte, ausgerechnet diese zu besuchen, hielt ich sie für eine Arme-Leute-Schule. Die Jungen, die im anderen Flügel des Gebäudes untergebracht waren, fand ich mit ihren blauen Schürzen und den riesigen weißen Schleifen noch häßlicher, ärmlicher und elender als die kleinen Mädchen. Die Mädchen waren Töchter von Bäckern, Fahrern, Verwaltungsangestellten und armen Witwen, die Schneiderinnen oder Krankenschwestern waren; die wenigen Akademikerkinder standen bei der Lehrerin, einer hinkenden, schnurrbärtigen alten Jungfer, in hohem Ansehen. Ich glaube nicht, daß die Mädchen wirklich so bösartig waren, wie sie mir erschienen. Im Gegensatz zu mir lebten sie eben in Familien, in denen sie die Regeln jenes elementaren Spiels gelernt hatten, das ihre Lebenswirklichkeit war. Ich war bereit, mein mit Schokolade belegtes Butterbrötchen zu teilen. Sie gaben von ihrem Imbiß – Pizza, die flache, salzige und knusprige römische Pizza, oder ein Hörnchen – niemals einem anderen Kind, das sein Pausenbrot vergessen hatte, etwas ab. Sie versuchten, ihrer Nachbarin die Schuld zuzuschieben, wenn etwas schieflief in der schweren Schulbank aus uraltem Holz, die Generationen von Schülern mit regloser Aggressivität gemartert hatten und in der es ein Loch für das leere Tintenfaß gab. Mit großem Geschick schrieben sie von den fleißigen Schülerinnen ab und tobten sich in der Pause in wilden Ringelreihen aus. Ich war zu Ehrlichkeit, Großzügigkeit und Schüchternheit erzogen worden und zur Verehrung aristokratischer Vorfahren, die es vielleicht nicht gab. Wahrscheinlich hielten sie mich für ein dümmliches Geschöpf von einem anderen Stern. Ich wiederum fand mich vollkommen ungeeignet für die Welt, in die ich abgestürzt war.

Auch die Lehrerin mochte mich wegen meiner undurchsichtigen familiären Situation nicht. Am Anfang, ich war ja wohlerzogen, hatte sie wohl angenommen, ich sei eines der wenigen Mädchen aus guter Familie in ihrer Klasse. Aber aus den Aufgaben, die sie wiederholt zum Thema Familie stellte, ging nicht klar hervor, welchem Beruf mein Vater nachging, wo er war und warum er nicht da war (was ich im übrigen selbst nicht wußte) und in was für einer Wohnung wir lebten.

Wir lebten nicht in einer Wohnung. In der ersten Zeit hatten wir einen Unterschlupf gefunden, den ich wunderbar fand, weil er den Zauber meiner Kindheit in Neapel weiterhin aufrecht erhielt; auch wenn das Schiff-Haus voll von Farbe und Musik gewesen war und hier Düsternis und Schweigen herrschten. Wir zogen in die Sakristei einer Kirche, die zu dem Heim für wohlhabende, alleinstehende alte Damen gehörte, in dem meine Großmutter, eine sehr gute Freundin der Schwester Oberin, lebte, bevor wir kamen. Der Priester war nicht da. Deshalb hatte man uns in seiner geräumigen, dunklen Wohnung untergebracht, die an den Hauptaltar der Kirche grenzte. Darin standen kleine Sofas aus schwarzlackiertem Holz mit dunkelfarbigem Ramagé-Bezug, Strohsesselchen und ein schwarzglänzendes Klavier. Ich und meine Mutter schliefen in dem kleinen Schlafzimmer des Priesters, in dem für mich ein Notbett aufgestellt worden war. Die Umgebung war düster. Doch sie rettete mich vor der Stadt, der Schule, den anderen. Wir aßen gemeinsam mit den Heimbewohnerinnen zu Abend, für die ich ein Maskottchen war, das Prinzeßchen der alten Damen. Auch eine sehr freundliche alte Jüdin befand sich unter ihnen, eine Meisterin der Rätselkunde, die mich großzügig mit den Brosamen ihres Wissens aus den Sprach- und Kreuzworträtseln bedachte. Dann kam der Priester zurück, und wir mußten gehen. Es begann eine unaufhörliche, etwa bis zum Ende der Grundschulzeit währende Wanderschaft von einer Pension zur anderen, zur nächsten, kleineren und kleinsten.

Natürlich wußte ich nicht, was ich in den Hausaufgaben darüber schreiben sollte, um so weniger, als ich nicht darauf abgerichtet war zu lügen, so wie meine neuen Gefährtinnen, die stets für alles eine Entschuldigung oder Ausflucht bereithielten. Die Lehrerin zürnte mir nicht nur wegen meiner Aufsätze. Sondern auch, weil sie mich nicht einzuordnen wußte. Aufgrund meiner Wohlerzogenheit konnte ich kein einfaches Mädchen sein. Woher stammte das arme Ding bloß? In Neapel hätte man mich ohne Schwierigkeiten klassifizieren können. Aber was begriff eine prüde alte Jungfer aus Rom schon von dem rätselhaften Wust aus realer Armut und mutmaßlichem Adel?

Da ich keine Wahl hatte, gewöhnte ich mich langsam an die Einsamkeit. Wenn mich niemand sah, sprach ich stundenlang mit meinem Bild im Spiegel, einem liebevollen, solidarischen Freund. Oder ich zeichnete Reiserouten nach Neuseeland in den Schulatlas ein. Meine Großmutter, Mutter meiner Mutter, eine kleine alte Frau, die stets schwarz trug, suchte häufig Kirchen, Klöster und Sakristeien auf. Sie glaubte an Gott, als wäre er ein Freund der Familie gewesen, grübelte über die italienische Politik nach, haßte Kommunisten und liebte die Christdemokraten – ich wußte inzwischen, daß Italien eine Republik war, denn Staatspräsident Gronchi war in der Schule zu Besuch gewesen. In tadellosem romagnolischem Dialekt erzählte mir Großmutter Geschichten über Engel und Teufel aus ihrem Heimatdorf. Oder sie erzählte vom Ersten Weltkrieg, als wäre ihr entgangen, daß inzwischen ein zweiter stattgefunden hatte. Betrübt klammerte sich meine immer mehr verstummende Mutter an mich, als ob ich eines ihrer Arme oder Beine wäre. Nur der Besuch ihres nun nicht länger geheimen Liebhabers heiterte sie auf; wie sie hatte er Neapel verlassen, um in einer anderen Stadt zu arbeiten. Mit ihm entschwand sie in die römische Nacht, schön und fröhlich wie zur Zeit der neapolitanischen Abende. Ihre Versuche, erneut am Theater und bei der Filmsynchronisation Fuß zu fassen, waren erfolglos gescheitert, vielleicht aufgrund der Umstände. Oder weil sie sich, so wie ich, wie ein heimatloser Flüchtling fühlte. Obendrein sorgte sie sich ständig um meine – sehr robuste – Gesundheit und ließ mich nicht ins Freie wenn es regnete oder der Nordwind blies, also, fast nie. Sie sang nicht mehr und rauchte unentwegt eine Zigarette nach der anderen und blickte dabei nicht ins Leere, sondern auf ein Bild, das wir nicht sahen.

Wir hatten bei unserer Flucht nach Rom den Stadtteil Ludovisi zum Ankerplatz erkoren. Die Pracht des Fin de siècle aus seiner Entstehungszeit war nicht mehr zu erkennen. Eine aschgraue, klebrige Schicht hatte die eleganten hohen Gebäude geschwärzt. Die bescheideneren Häuser mit ihren kleinen Haustüren, den halbdunklen Pförtnerstuben und Treppen aus heillos verschmutztem und verschmiertem Marmor waren inzwischen rissig und farblos. In dem Rom, in dem ich wohnte und zur Schule ging, war die Luft voller Staub, und der Schmutz, bescheiden und gefügig, hatte nichts vom gloriosen Dreck in den Gassen Neapels an sich, der von der Urmelodie der menschlichen Stimme aufgewogen wurde. So war es zumindest bis zum Frühling.

An einem Tag Ende März sagte meine Mutter, aus ihren düsteren Tagträumereien erwachend, wir würden zur Villa Borghese spazierengehen.

Die Schwermut des Frühlings versöhnte mich mit Rom. Sogar in unserem eintönigen Viertel erblickte ich zum ersten Mal die wahren Farben der Stadt, erdiges Gelb und bräunliches Rot, als wäre die Farbe eine Erdenfrucht und keine Emanation des Himmels. Die Bäume in den Gärten erblühten elegant, eher um den Winter zu verabschieden, als um die schöne Jahreszeit anzukündigen. Ich war glücklich. Auch weil ich nun nicht länger den häßlichen orangefarbenen Dufflecoat trug, sondern leichte Pullover in wassergrün, kanariengelb und himmelblau.

Bevor wir zur Villa Borghese gingen, machten wir an jenem so wie an den darauffolgenden Tagen einen langen Umweg. Meine Mutter, wieder fröhlicher gestimmt, hatte beschlossen, nach dem schrecklichen Winter der Entscheidung und Flucht auf sich zu achten. Also liefen wir jeden Nachmittag von der Piazza Fiume durch die Via Boncompagni zur Via Ludovisi, wo sie sich Aufbauspritzen geben ließ, und danach durch die Via Veneto zur Porta Pinciana. Die Via Veneto erschien mir durch ihre Helligkeit, Breite und ruhigen Belebtheit wie ein Fluß, mit dem rosa Ufer des Hotel Flora. Einmal hatte ich aus dem gläsernen Portal aufgeputzte Leute treten sehen, Schauspieler, wie meine Mutter mir erklärte. Nicht weit davon, hinter der Porta Pinciana am Eingang des Parks, lag die Casina delle Rose, das Rosenhaus, heute eine aus unklaren Gründen aufgegebene Ruine, damals so etwas wie ein *Café chantant*, in dem amerikanische und manchmal auch schwarze Sänger auftraten. Einer von ihnen hatte einen sehr schönen grünen Wagen mit dunklen Fenstern, einen Cadillac vielleicht.

Die Straße wie ein Fluß, das Hotel, das wie ein Schloß am Meer aussah, das Café mit den Liedern, die blitzenden Autos, vorüberwogende Menschen von auffälliger Eleganz, die kamen und gingen – es war nicht meine verlorene Stadt, aber es erinnerte mich zum ersten Mal an deren heißgeliebte Lebendigkeit, ein Bild, das mich träumen ließ. Dazu das Wunder des Parks: das durchsichtige Grün der Wiesen und Blätter, wellig und schillernd wie das Blau des Meeres. Die Stämme der Bäume, wunderbare, hochragende Felsklippen in ewigem Gleichgewicht. Die Erde wie Sand, eine Materie, so durchlässig wie Wasser für die, die darin schwimmen – ein Park, den man betrachten, in Freiheit durchqueren konnte. Wo die Einsamkeit keine Qual mehr, sondern Verzückung war.

Der Park wie auch die Stadt verweigerten mir nicht manch zauberhafte Erscheinung. Da war ein kleines Mädchen, fast so schön wie Fiammetta, lebhaft, geschmeidig, mit langem goldenem Haar, Manuela, stets in Begleitung zweier Jungen, ihren Knappen. Ich schloß mich der kleinen Schar an, nicht als ihre Freundin, sondern als dritter Knappe, und wurde akzeptiert, ohne Fragen, als wäre ich ein Vogel und nicht ein Mensch. Eines Tages erzählte Manuela, sie habe sich bei einem Sturz am Hinterteil verletzt. Und dann drehte sie sich, als wollte sie die Geschichte glaubwürdiger machen – und den Blick ihrer Knappen bestürzter –, hob den Rock und zog die Unterhose herab, als wäre es die natürlichste Sache der Welt. Auch ich fühlte mich langsam wieder natürlicher. Nach dem Verlust von Neapel gaben mir der Park und alles, was es darin gab, endlich die Gewißheit, daß ich noch lebendig war.

Im folgenden Jahr, ab September, ragt nur ein einziges Ereignis heraus. Meine Mutter, die ein Kind erwartete, erkrankte schwer. Zuerst war die Aufregung groß. Dann hieß es, ich müsse für einige Zeit fort. Ich sollte nach Neapel gehen.

Die Vorstellung überwältigte mich. Nicht nur deswegen, weil ich seit über einem Jahr, seit wir an jenem Oktobertag das Schiff-Haus verlassen hatten, nicht mehr dort gewesen war. Es hatte seither auch niemand mehr mit mir darüber gesprochen. Als wäre die Stadt samt ihren Bewohnern und denjenigen, die für mich etwas Besonderes waren, meinen Verwandten, von einer Katastrophe verschlungen worden, vom Erdboden verschwunden, und anstelle der Stadt gähnte jetzt nur noch ein großes Loch. Nicht nur daß niemand mit mir über Neapel sprach. Für mich bestand vielmehr auch ein unausgesprochenes Verbot, darüber zu reden. Als wäre das Unglück, das die Stadt betroffen hatte, nicht nur eine irreversible Katastrophe, sondern ein Unheil, dessen man sich schämte. Ein vollständiges, einschüchterndes Schweigen lag über der silbernen Stimme meiner Großmutter, dem Lachen meiner Tante, den neapolitanischen und französischen Plaudereien, den sanften Liebesklagen der Lieder. Und vor allem über der schönen und heißgeliebten Stimme meines Vaters. Seit meinem Fortgang hatten wir miteinander keinen Kontakt mehr gehabt, als wäre es die natürlichste Sache der Welt, von einem Tag zum anderen den Vater zu verlieren; oder so unnatürlich, daß man keinesfalls mehr darüber sprechen durfte. Wenn ich seinen Namen nannte, schwang ein vorwurfsvoller Ton durch die knappen, ausweichenden und manchmal nachsichtigen Antworten – oder ein verächtlicher. Meinen Vater hatte eine *damnatio memoriae* getroffen, und ich war deren ohnmächtige Zeugin. Es verstand sich von selbst, daß ich, weil er versagt hatte, fortan ein vaterloses Mädchen war, einzig meiner Mutter unterstellt, und aus eigener Kraft durchkommen mußte. Niemand auf der Welt, vor allem niemand männlichen Geschlechts, würde mir in Zukunft helfen. Das war die Lektion meiner Mutter. Eine schwerverständliche, für mich unbegreifliche, aber gründliche Lektion. Ich akzeptierte sie irgendwie. Der Schmerz verwandelte sich in ein stetiges Gefühl von Einsamkeit, aus der es, garantierte man mir von oben, keinen Ausweg gab.

Jetzt jedenfalls fuhr ich nach Neapel. Für die Reise vertraute man mich einem Bekannten an.

Dieser Bekannte fuhr nicht zusammen mit mir fort, er sollte mich nur in den richtigen Zug nach Neapel setzen. Doch er setzte mich in den falschen. Nicht in einen Schnellzug, sondern in einen Personenzug, der für die Fahrt sechs Stunden brauchte, weil er auf offener Strecke einige Male stehenblieb. Neapel kam nie. Aber ich war zufrieden, daß ich Gefangene dieses Zuges und in Sicherheit war, in der Schwebe zwischen den beiden Städten, meiner Mutter und meinem Vater. Ich ließ das Schicksal für mich handeln, ihm ausgeliefert, wie jeder echte Reisende.

Ich kam spät an, es war schon fast dunkel. Mein Vater stand auf dem Bahnsteig, er drückte mich heftig an sich und machte lachend Bemerkungen über die mißlichen Umstände der Reise, meiner ersten Reise alleine. Da er mich nicht mit dem vorgesehenen Zug hatte ankommen sehen, hatte er auf den nächsten gewartet, dessen Verspätung sich von Minute zu Minute vergrößerte. Aber er sorgte sich nicht, im Gegensatz zu meiner Mutter, für die selbst ein Gewitter eine Heimsuchung war, die man geschlagen und ohnmächtig hinzunehmen hatte. Mein Vater hingegen meisterte Fährnisse und Schwierigkeiten, technische Risiken sozusagen; selbst bei dem Erdbeben, das uns Jahre später treffen sollte, blieb er sicher, gelassen und furchtlos. Seine Ängste waren andere.

Trotz seiner Fröhlichkeit stimmte etwas nicht. Der Prinz-von-Wales-Anzug, schon ein wenig abgenutzt, saß nicht auf Taille, und zwar nicht wegen der damaligen Männermode, die lose fallende Kleidung bevorzugte. Sowohl sein Anzug wie auch sein Gesicht hatten etwas Farbloses.

Mein Vater hatte Augen von einem ungewöhnlichen, golden gepunkteten Sumpfgrün. Sie waren liebenswürdig und klar und zogen jeden sogleich in Bann, der ihn anblickte. Doch jetzt war da nur ein schwaches, unstetes Flimmern. Seine olivfarbene Haut war schlaff und trüb, die Lippen bräunlich und die Zähne gelb, als wäre er jäh gealtert. Der Kragen des weißen Hemdes saß locker, der Knopf stand offen, und er trug keine Krawatte. Mein Vater sah wie ein Mischblut aus, und er war ja tatsächlich eines, mit dem levantinischen Kaufmann, der sein Großvater gewesen war, ein Mann von einem anderen Stamm, doch er hatte nichts mehr von dem eleganten Verschwender, der sein Vater gewesen war und zu dem man ihn ursprünglich erzogen hatte.

Kurz vor der Reise hatte ich meine erste Menstruation bekommen, mit großer Angst, denn niemand hatte je zu mir davon gesprochen. Erschrocken war auch meine Mutter, ich war noch nicht zehn Jahre alt, und sie hatte ihren Gynäkologen zu Rate gezogen. Dieser Arzt, ein umgänglicher, athletischer und galanter Mann, hatte das Problem meiner verfrühten Blutung durch meine Herkunft erklärt. Es sei ganz natürlich, daß ein Kind meiner Herkunft schon mit zehn Jahren voll entwickelt sei. Meine Herkunft. Ich wußte nicht, wovon er sprach. Mit einiger Phantasie siedelte ich sie in den östlichen Winkeln von Zypern an. Von dort kam meine griechisch-türkische Familie, wie und warum, war unbekannt. Und obschon mein Großvater, den ich von Photographien her kannte, und seine Schwester Clementina weißer Hautfarbe und damit ganz anders waren als ich – sie waren blond und hatten wunderschöne himmelblaue Augen –, kauerte ich mich in den Schatten eines Stammbaums, der vielleicht den sonderbaren Sturm meiner Hormone erklärte, wie der Arzt meinte, vor allem aber die Fremdheit meines Herzens.

Auch mein Vater, das sah ich im Gewirr des Bahnhofs von Neapel jetzt ganz deutlich, während er mich fest an der Hand hielt, damit ich nicht verlorenging wie Zazà in dem

Lied, das mir soviel Angst machte, gehörte zu einer anderen Rasse. Fortan empfand ich ein wenig Scheu davor, ihn anzuschauen. Er sagte mir unterwegs, daß wir nicht zur Via Crispi führen, diese Wohnung gebe es nicht mehr. Er war, nach einem Aufenthalt bei alten Freunden in Paris, in die kleine Wohnung der Urgroßmutter gezogen, in der bereits seine Mutter wohnte. Und wahrhaftig, dort lebten sie, in der Wohnung, auf der das Gewicht des Hauses lastete und deren Decken so niedrig waren wie in einem Verlies. Meine Urgroßmutter in ihrem gewohnten Zimmer, Großmutter und mein Vater, jeweils mit einer Schlafcouch in den beiden anderen Räumen, die nicht mehr leicht und graziös wirkten. Auf Evelinas luftige Möbel waren wie in einem Keller die schweren Relikte des Schiff-Hauses gepackt worden.

Mein Vater schlief tagsüber oft bis zwei oder drei Uhr. Dann verließ er bisweilen geräuschlos das Haus und ging wer weiß wohin. Oder er schleppte sich wie ein Schlafwandler durch den Tag, ohne mich groß zu beachten. Erst abends um sieben, wenn er sich seiner sorgfältigen täglichen Toilette widmete, schien er richtig zu erwachen. Nachdem er sich gewaschen und wieder halb angekleidet hatte, öffnete er die Badezimmertür, damit ich ihm beim Rasieren Gesellschaft leistete. Durch endloses Striegeln und mit sonderbaren Lotionen versuchte er sein Haar zu bändigen, das widerspenstig und leicht gekraust war. Es war für mich der schönste und der einzige Augenblick des Tages, an dem die Beziehung zu ihm sich wirklich wiederherstellte. Ich verfolgte die Bewegung des Rasiermessers, das unter dem Seifenschaum Streifen bläulicher Haut bloßlegte, bläulich wie bei einem Orientalen. Und ich sog seinen Geruch ein, einen starken Duft, der an einen Hauch Moschus erinnerte, die mit Patschuli-Essenz versetzt war.

Wir sprachen nicht viel. Ich schaute zu ihm hoch, bemüht, nicht eine seiner Bewegungen zu verpassen, und er betrachtete sich aufmerksam im Spiegel. Er sagte in jenen Tagen nie etwas über uns und die Trennung voneinander und nichts über meine Mutter, sein Leben, unsere Zukunft. Später, gegen acht, ging meine Großmutter, streng auf ihren gewohnten Tagesablauf bedacht, in den Club wie früher, um erst am nächsten Morgen wieder heimzukehren. Urgroßmutter empfing, mittlerweile nur noch an einem Abend der Woche, die noch lebenden Freunde zum Poker – ansonsten ging sie früh zu Bett. Aber später, gegen halb zehn, trafen die merkwürdigen neuen Freunde meines Vaters ein. Junge Leute, meist jünger als er, Männer und Frauen und ein Freund aus Kindertagen, ein berühmter Sänger, der damals in Ungnade gefallen war, und weitere Liebhaber neapolitanischer Lieder. Mein Vater, sein Freund, der Sänger, und die Gäste, die jeweils an der Reihe waren, sangen bis morgens um drei, und sie diskutierten sachkundig und leidenschaftlich über neapolitanische Musik. Ein abgeschlossener Kreis, lebhaft und glücklich, in dem kleinen Gefängnis zu ebener Erde, das nun die Welt meines Vaters geworden war.

Die ganze Lebendigkeit von einst hatte sich nun in dieses Zusammenspiel singender Stimmen mit der Gitarre verkrochen. Das Leben begann abends um neun, nachdem Großmutter ausgegangen war und Urgroßmutter sich beim Tod einschmeichelte, indem sie den nächtlichen Schlaf vorverlegte. Es endete morgens um drei oder vier, wenn wir schlafen gingen, ich auf einer kleinen Liege, die wir in dem sanften Nebel, den die Zigaretten hinterlassen hatten, Abend für Abend aufschlagen, sobald der letzte Gast gegangen war. Den Tag gab es nicht. Mit immer größerer Zurückhaltung und Mühe sprach mein Vater über seine Versuche, Arbeit zu finden. Er traf, abgesehen von den Bohemiens seines nächtlichen Sängerkreises, keine alten Freunde mehr, er hätte ohnehin nicht genug Geld gehabt, um sie zu einem Kaffee einzuladen. Er hatte von irgend jemandem Geld geliehen, konnte es aber nicht zurückzahlen. Er haßte seine Mutter. Vielleicht würde er bald wieder ins Ausland gehen; und so geschah es auch, bald nachdem ich nach Rom zurückgekehrt war. Er ging nach London, tat dort irgend etwas, ein paar Jahre lang. Und ein paar Jahre lang sah ich ihn nicht wieder. Doch davor – vor unserem Abschied, der doch recht endgültig war, denn als er zurückkam, war er nicht mehr bloß ein Mischblut, sondern wirklich ein ewiger Wanderer geworden, den mit dem Land, in das er zurückkehrte, nichts mehr verband und der niemandem und nichts nachweinte –, davor wollte dieser Mann mir Capri zeigen. Es war noch nicht richtig Herbst, und ich war noch nie auf Capri gewesen. Es war ein Abschiedsgeschenk, eine sehr geglückte kleine Feier der Trennung. Denn alles glänzte wie ein Saphir, der Himmel, das Meer, das Schwimmbad in Marina Piccola, das seine Pforten noch nicht geschlossen hatte, als hätte man auf uns gewartet, um den Sommer zu beenden. Ich hatte Angst davor, ins Wasser zu springen. Deshalb sagte mein Vater am Beckenrand zu mir: Sieh mal, da am Horizont, das Schiff. Und ich sah sofort die *Andrea Doria* vor mir, wie sie in die Gewässer unseres Meeres zurückkehrte, und drehte mich um. Der gleißende Horizont war leer. Dann schubste mich mein Vater, und ich fiel ins Wasser.

Aus Rom kam die Cousine meiner Mutter, um mich in Neapel abzuholen. Erst im Zug sagte sie mir mit hoheitsvollem Ernst, meine Mutter sei im Krankenhaus, aber inzwischen außer Gefahr. Erst da wurde mir bewußt, daß man geglaubt hatte, sie würde sterben, als man mich in größter Hast in den falschen Zug nach Neapel gesetzt hatte. Um ihre Wiederauferstehung zu feiern und mich auf dieser wiederum unverhofften Fahrt in die ungeliebte Stadt ebenfalls lebendig zu fühlen und auch, um die vornehme Dame neben mir zu provozieren, fing ich an, leicht anzügliche Volkslieder zu singen, die man an den Abenden in Neapel heiter unter melodische Raritäten des 18. Jahrhunderts gemischt hatte. Die Cousine blickte mich eisig an und sagte, daß sich das für anständige Mädchen nicht gehöre. Wieder schlugen über Neapel, meinem Vater und seiner Welt die Wogen der Verachtung und des erzwungenen Vergessens zusammen.

Meine Mutter im Krankenhaus war blaß, fast so durchsichtig wie die Schläuche, die in ihren Venen endeten, doch bald darauf kam wohlbehalten mein Bruder zur Welt. Das Leben wurde anders. Wir konnten nicht länger in einer Pension leben. Eine neue Wanderschaft deutete sich an, eine neue Stadt, die meine Mutter mit brüchiger Stimme Peripherie nannte. Wie auch immer, ich sollte wieder ein Zuhause haben.

Fast sofort merkte ich, wie meine Mutter sich mit ihrem neuen Kind in einen verschlossenen Garten zurückzog, in den sie mir, obschon sie mich weiter sehr liebte, keinen Zutritt gewährte. Das bedeutete Eifersucht, aber auch Freiheit. Eine Chance, die es nicht zu verlieren galt. Ich tat, mit Verstand und Herz, alles, um sie mir nicht entgehen zu lassen.

Die Gegend, in der wir nun lebten, erschien mir nicht so sehr wie das Randgebiet einer Stadt, sondern eher wie der Wilde Westen, wenn auch nicht so groß. Unsere Straße zwischen der Batteria Nomentana und Monte Sacro war wie eine Art Cañon aus hohen, düsteren, mit Fenstern und kleinen Balkonen überladenen Häusern. Nicht weit davon verliefen die Geleise der Eisenbahn, flankiert von den gedrungenen Wolkenkratzern der Ina-Casa. Auch die nach afrikanischen Ortschaften benannten Straßen klangen besonders unschön. Die Gegend wirkte wie eine Siedlung, die Zuwanderer oder Abenteurer angelegt hatten. Alle hatten in den Dörfern und Städten Süditaliens, im Latium, in den Abruzzen oder den Marken, noch Eltern, Geschwister oder sonstige Reste der Familie. Die Wohnungen sahen nicht wie Arbeiterwohnungen aus, obgleich es welche waren, denn man hatte sie im Sinne des Gedankens erbaut, der soziale Wohnungsbau habe in vereinfachter und verkleinerter Form das Dekor bürgerlicher Häuser nachzubilden. Unsere Wohnung im ersten Stock war eng und lang und den ganzen Tag ohne Sonne, das Haus über und über grün, wie mit einem Teppich tapeziert, der an die Steppe erinnerte. Sie war wirklich häßlich, besaß aber den Vorzug eines langen Flurs und barg unerwartete Schätze.

Ich schlief in einem Zimmerchen, das ursprünglich wohl als Kammer für eine wenig wahrscheinliche Bedienstete gedacht war. Es gab darin ein Hängeregal mit vielen alten Büchern, darunter Maupassants Gesamtwerk mit seinen dunklen Andeutungen über Sexualität und einen schmalen, unvergeßlichen Band, *Daddy Langbein*, die Geschichte einer Waise, die Spinnen liebt und schließlich ihren geheimnisvollen Wohltäter heiratet, der sich als hochgestellter junger Mann von höchst einnehmender Wesensart entpuppt. Im Salon, wo wie in der übrigen Wohnung nichtssagende Möbel standen, die in den dreißiger Jahren modern gewesen sein mochten, gab es einen schweren alten Radioplattenspieler aus poliertem Holz und eine Sammlung vorwiegend faschistischer Lieder über den Krieg in Afrika, die ich nach kurzer Zeit auswendig konnte. Lieder über Soldaten, die hinauszogen, und über Blondinen, die blieben, um mir Gesellschaft zu leisten.

Die Wohnung interessierte mich jedoch wenig. Ich hatte die Erlaubnis, unten auf der Straße mit den Kindern der anderen Siedler zu spielen, und das entzückte mich, obwohl ich stumm und verschüchtert war. Überdies durfte ich, und das war mir noch wichtiger, allein mit dem Bus in die Schule fahren, die Mittelschule in der Via Sicilia, die dem Tasso-Lyzeum angeschlossen war.

Die Tafel mit dem Busfahrplan war voller Zahlen. Es gab den 37er, den 37er mit Schrägstrich, den 60er, den 60er mit Schrägstrich, den 137er und den 36er. Sie geleiteten fremde Völkerschaften aus unbekannten Fernen in die Mitte der Stadt. Am meisten vertraute ich dem 37er, der im nahen Montesacro losfuhr; am wenigsten dem 36er, denn er kam aus einer fremden Welt, die Bufalotta hieß.

Unaufhörlich diente das glänzende, von den Platanen der Via Nomentana gesäumte Asphaltband als Fahrbahn für die Busse. Ich konnte mit jedem zu meiner Schule gelangen. Auf der Straße verwandelte sich das Gewimmel der Peripherie, das meine Mutter so erbitterte, in ein trostreiches Ballett der Flucht vor meinem Zuhause. Denn damals zog ich das kreischende und stinkende Flechtwerk der stets überfüllten Busse dem Schweigen innerhalb meiner Familie vor.

Es ereignete sich im 37er, meinem Lieblingsbus. Er kam nur stoßweise voran, die Straße sei durch einen Unfall verstopft, hieß es, und ich war in Verspätung und aufgeregt. Statt mich wie sonst gegen das Rückfenster zu drücken und mit den Augen die Gärten der Villen – damals manchmal noch so einladende stille Nonnenklöster, wie ich sie mit Großmutter besucht hatte – zu durchforsten, schaute ich besorgt nach vorn, als sollte mein Blick einen Weg in den Stau der vor uns fahrenden Autos und Busse bahnen. Als erstes erblickte ich in der Menschenmauer, die mich einquetschte, einen blauen Redingote-Mantel an einer schmalen, hochaufgeschossenen Gestalt. Dann eine dichte, glatte Masse dunkler Haare, die bei jedem Ruck auf dem Mantel hin- und herschwang. Schlangengleich, die Haarwoge fest im Blick, wand ich mich zwischen den anderen Passagieren durch. Es war wirklich Fiammetta. Wie ich sie in meinem Herzen bewahrt hatte, nur ein wenig größer.

Wie stets schaute sie nicht um sich, sondern stand reglos und aufrecht inmitten all der Erregung da. Natürlich sah sie mich nicht, obwohl ich nur einen Schritt, oder besser einen Körper weit von ihr entfernt war. Unsicher war ich mir nicht. Aber ich war wie erstarrt und wagte nicht, sie anzusprechen. Dann gab es wieder einen Ruck, wieder wogte das dunkle Haar, und sie wandte langsam den Kopf, um es zu ordnen, sah mich und grüßte mich, als wäre es die selbstverständlichste Sache der Welt, daß wir, sie und ich, uns nach zwei Jahren in einer anderen Stadt, in diesem überfüllten und im Stau festsitzenden Autobus wiedertrafen.

Der April war schon fortgeschritten, als ich sie zum ersten Mal besuchte. Sie wohnte in einem kleinen Gebäude in der Via della Batteria Nomentana, das auf die Bahngeleise hinausging wie auf eine Meerespromenade oder einen Fluß. Und wirklich war der Blick von der Terrasse ihrer Wohnung schön: Beiderseits der Geleise lagen Gemüsegärten und Bauernhäuschen, derbe Hütten wie die Hexenhäuser in Illustrationen von Kinderbüchern. In den Gärten standen blühende Pfirsichbäume und Kirschbäume, die, wenn Züge vorbeifuhren, wie Fahnen im Wind wehten.

Anscheinend gab es in Fiammettas römischem Familienleben, im Unterschied zu dem in Neapel, auf den ersten Blick nichts, was nicht hätte erklärt werden können. Damals im Stau hatte ich die erste Schulstunde versäumt, weil der 37er siebzig Minuten benötigt hatte, um zur Porta Pia zu gelangen. Ein ungewöhnlicher Umstand, der Vorsehung gewesen sein mußte, denn er besiegte meine Schüchternheit. Fast Herz an Herz im Gedränge stehend, hatte ich begonnen, Fiammetta auszufragen, und wußte nun, daß sie seit einem Jahr in Rom lebte, bei der Großmutter mütterlicherseits und einer Tante, Mutter zweier Jungen, die ein wenig jünger waren als sie. Kein Wort fiel über die blonde, blasse Tante, die in Neapel geblieben war, als wäre es ungezogen, über etwas zu sprechen, das es nicht oder nicht mehr gab.

Ihre Stimme kannte keinen Ton, der nicht zur Intensität des Moments gepaßt hätte. Sie war frei von Bedauern, Verlegenheit, Ironie, Anteilnahme und Traurigkeit. Eine Stimme gänzlich ohne Zwischentöne, selbstgenügsam und damit zufrieden, sich einen kleinen Anteil im Raum erobert zu haben. Ich erfuhr, daß sie eine private Schule besuchte und unter den asthmatischen Brummern auf der Nomentana gleichfalls den 37er bevorzugte, an derselben Haltestelle einstieg wie ich, aber in der Regel früher. Sie mußte um acht Uhr fünfzehn in der Schule sein anstatt um acht Uhr dreißig wie ich. Sie fuhr ebenfalls bis zur Porta Pia, aber danach weiter in Richtung Piazza della Croce Rossa und nicht wie ich zur Piazza Fiume. Mir gelang es, ihre Freundin zu werden, einfach dadurch, daß ich ein wenig früher aufstand als bisher.

Fiammettas Großmutter war keiner meiner beiden Großmütter ähnlich. Sie hatte weder das würdevolle Gebaren der neapolitanischen noch die altbäuerliche Selbstversunkenheit der Großmutter in Rom. Eine Dame mit weißen, im Nacken zu einem Knoten gebündelten Haaren, die im allgemeinen beige oder hellgrau gekleidet war und einen stets leicht bekümmerten Ausdruck zur Schau trug, wenigstens wenn sie mit Fiammetta sprach – aber vielleicht war die Bekümmerung eine ihrer Eigenarten. Der älteste von Fiammettas Vettern hieß Guido. Er war ungefähr so alt wie wir, wirkte aber jünger, war scheu und freundlich und ebenfalls stets leicht bekümmert. Piero war acht Jahre alt, rundlich, lustig und irgendwie lästig. Fiammettas Tante kehrte jeden Tag erst nach sieben zurück, weil sie in einem Büro in der Stadtmitte arbeitete. Ich lernte sie zunächst nicht kennen. Auch in diesem Hause war nie von Neapel die Rede, als hätte Fiammetta niemals dort gelebt.

Bei jenem ersten Besuch hatten wir uns fast nichts erzählt. Er hatte sich auf die schlichte Erkundung ihrer Familie beschränkt, die mich eher enttäuschte, da ich sie ziemlich normal fand. Doch fortan kam ich fast täglich wieder, die Konzentration meiner Mutter auf das neue Kind und die schöne Jahreszeit ausnutzend, die uns lange, helle und verläßliche Tage bescherte. Im Schnellverfahren erledigten wir gleich nach dem Mittagessen eifrig die Hausaufgaben, jede für sich, damit wir uns am späteren Nachmittag wieder treffen konnten. Ich war es, die diese täglichen Zusammenkünfte vorgeschlagen und organisiert hatte. Fiammetta machte niemals einen Vorschlag. Sie äußerte nicht einmal einen vagen Wunsch. Was ich vorschlug, war ihr recht.

Aber wenn ich beim Abschied einmal nichts sagte, kam auch nichts von ihr. Wenn ich sagte, morgen um die gleiche Zeit komme ich wieder, nickte sie hocherfreut und öffnete ihren sanften Mund zu einem Lächeln, das ihre schneeweißen Zähne blitzen ließ. Aber umgekehrt – nichts. Fiammetta schien entweder immer ja zu sagen oder zu schweigen. Deshalb war ich ziemlich überrascht, als sie uns, mir, Guido und Piero, eines Tages mit Entschiedenheit ein Spiel regelrecht aufnötigte. Und sie machte nicht nur den Vorschlag, sie organisierte es auch bis in die winzigsten Details.

Wir spielten zwei italienische Mädchen, die in einer weißen Gemeinschaft in Rhodesien lebten. Wir waren schön und reich, und deshalb mußten wir uns Kopftücher umbinden, die Fiammetta bei ihrer Großmutter aufstöberte, und zweimal verknoten, einmal an der Kehle und einmal im Nacken, wie man es bei Fahrten im offenen Wagen tut. Denn das war das Spiel: in einem Auto mit Klappverdeck herumzufahren, mit unseren Verlobten Guido und Piero, die nunmehr Marco und Giorgio hießen. Wir stellten zwei Sessel mit hölzernen Armlehnen und schottischen Bezügen, die in ihrem Zimmer standen (die drei Kinder schliefen in einem Raum), zusammen und fuhren damit in den Wald und die Savanne hinaus, auch zu den exklusiven Lokalen der Weißen, wo wir Kaskaden von Cocktails hinunterschütteten. Fiammettas Verlobter hieß Marco – ich weiß nicht mehr, welcher Vetter ihn spielte, sie bedeuteten uns nicht mehr als die Sessel –, und er war gutaussehend und sportlich. Mein Verlobter war Giorgio, der weniger sportlich, aber elegant war. Ein Intellektueller mit Brille, sagte Fiammetta.

Das Spiel wiederholte sich jeden Nachmittag in fast derselben Weise. Es gab kleine Variationen: an manchen Tagen begleiteten uns die Verlobten an den Fluß, an anderen gingen wir zu einem Empfang ins Haus von Freunden. Dafür waren uns die Kopftücher nicht mehr gut genug. Die Großmutter half bereitwillig, sie stattete uns mit Modeschmuck, Schals oder abgetragenen geblümten oder rosaroten Seidenblüschen mit kleinen Stickereien aus Perlen oder bunten Fäden aus. Freilich wußte sie nicht so recht, was wir eigentlich spielten, und ich glaube nicht, daß es ihr Freude bereitet hätte. Auch ich freute mich nicht darüber, als ich es herausfand.

Ich nahm an, Fiammetta habe Rhodesien ausgesucht, wie ich mich für Neuseeland entschieden hatte, an jenen Nachmittagen nach meiner Ankunft in Rom, die ich mit dem Schulatlas verbrachte. Ein fernes Land, das mich lockte, weil es weit weg war, und weil es dort mehr Pflanzen, Mineralien und Licht als Menschen gab. Aber so war es nicht. Fiammetta kannte Rhodesien gut, weil sie dort geboren war. Das erfuhr ich eines Nachmittags, nachdem ich ihr vorgeschlagen hatte, vielleicht nicht das Spiel, aber das Land zu wechseln. Ich bin in Rhodesien geboren, antwortete sie, und diesmal blickte sie mich fest an. Die Vettern blickten zu Boden. Alles ging weiter wie zuvor.

Über Neapel sprach man in diesem Haus nie, und über Rhodesien auch nicht. Fiammetta und ich waren noch zu jung für familiäre Vertraulichkeiten, die Welt der Erwachsenen war undeutbar und vor allem unerklärlich – anstelle der alltäglichen Erinnerungen einer Familie, eines Lebens, das ohne Unterbrechungen verlief, gab es erzwungenes Vergessen, Schnitte, Schweigen. Dieses Schweigen, das ahnte ich schon damals dunkel, war es, das mich mit ihr verband.

Ihre Großmutter war wenig mitteilsam. Sie schüchterte mich ein. Eines Tages zog Fiammetta mich in das Badezimmer, das sie mit ihr und der Tante teilte, damit wir uns dort die ewiggleichen Kopftücher umbänden. Ich stellte fest, daß das Bad ein Friedhof für Kosmetika war. Es gab Dutzende von Parfümflakons, in denen noch einige Tropfen Flüssigkeit waren. Burgen aus Cremedosen, Gläser mit Stiften für Augen und Lippen, Rouge, Pinsel, große Schachteln mit Puder und eine Sammlung von alten rosaroten Quasten aus Frottee oder Flaum. Der Geruch war schwer, wie der Blumenduft in einer Leichenhalle, das Licht matt und rosa. Ich fragte, ob die Schminke der Tante gehöre. Sie gehöre Großmutter, antwortete Fiammetta ohne weitere Erklärungen. Fortan betrachtete ich die Großmutter genauer. Ich stellte fest, daß sie viel älter war, als ich geglaubt hatte, und sorgfältig und stark geschminkt war. Nicht in der fröhlichen, auffälligen, aber oberflächlichen Manier meiner neapolitanischen Großmutter und ihrer Freundinnen. Das Make-up, das sie trug, war vielmehr täuschend echt, von den hellbraun nachgezeichneten Augenbrauen zu den pfirsichfarben getönten Lippen, den arthritisch verkrümmten Händen und den Fingernägeln, die in einem künstlichen Rosa lackiert waren.

Diese Wohnung war mir anfangs ordentlicher und tröstlicher erschienen als meine. Doch nach und nach begann sie mir Angst einzuflößen, vor allem nach einem jener seltenen Nachmittage, an denen wir Kinder allein im Haus geblieben waren und Fiammetta mich ins Zimmer der Großmutter geführt hatte. Es gab dort einen großen, mit Spiegeln verkleideten Schrank, ein breites Bett, auf dem eine Tagesdecke aus cremefarbenem Samt lag, und schwere Vorhänge im gleichen Farbton. Auf einer Konsole in einem dunklen Winkel stand das Foto eines sehr schönen Mädchens im Badeanzug. Ich fragte Fiammetta, ob dies Annabella sei, die neapolitanische Tante, deren Namen ich endlich erfahren hatte. Nein, das ist Angela, meine Mutter, sagte Fiammetta in einem harten, festen Ton, der unbegreiflicherweise zuweilen aus ihrem Munde kam. Angela ähnelte Annabella, und vielleicht glichen beide der Großmutter als junge Frau.

Fiammetta, wurde mir bewußt, war vollkommen anders. Statt jener flimmernden weiblichen Helligkeit war eine absolute Dunkelheit in ihr. Nichts an ihrem Gesicht und ihrem Körper war vage, selbst jetzt nicht, da sie in die Metamorphose der Pubertät eintrat. Die langen Glieder ihres Körpers zeichneten sich unter der goldenen Haut ab und waren wie gewundene Feuerzungen. Die Augen waren mandelförmig, die Nase war fein und ein wenig spitz, der Mund nicht fleischig, sondern sanft geschwungen und vollendet geformt. Der endlose Hals trug den Kopf wie ein Piedestal. Ich begriff, daß sie, genauso wie ich, dem Vater ähnelte, von dem, seit ich sie kannte, noch nie, bei keiner Gelegenheit, die Rede gewesen war.

In dem auf jenes erste Jahr Mittelschule folgenden Sommer hörten wir auf, uns gegenseitig zu besuchen. Die Trennung war nicht erfreulich. Mich hatte man mit sehr guten Noten in die nächste Klasse versetzt. Die Lehrerin in Literatur, eine zarte, alte Dame, hatte mich, im Gegensatz zu der Grundschullehrerin, liebgewonnen, und fast alle anderen Lehrer auch. Vielleicht hatte ich mich auch verändert. Die Kameradinnen und Kameraden in der Schule interessierten mich zwar nicht, aber sie verletzten mein Empfinden nicht mehr. Nur selten brach ich in der Klasse in Tränen aus oder entsetzte mich, wie zu Beginn meiner Schulzeit in Rom. Auf den Glanz meiner neapolitanischen Kindheit oder auf das, was mir glanzvoll erschien, hatte ich verzichtet. Ohne daß ich es wußte, hatte ich mich dafür entschieden, mich der neuen Situation zu fügen. Auch wenn mir alles elend und unbedeutend erschien, spielte ich mit. Ich lernte soviel wie nötig und erhielt gute Noten. Ich hatte mir den Respekt meiner neuen Umgebung erobert, weil ich, ohne den Preis dafür zu kennen, Grazie gegen Disziplin eingetauscht hatte. Als Gottheit ungewandt und stumpf, garantierte mir die Göttin der Disziplin doch gewisse Aufmerksamkeit und den

Respekt, der die Fehlschläge meines Vaters, die Regelverstöße meiner Mutter und den langen Schatten der Verachtung und des Mitleids besänftigen sollte, die mich bösartig gestreift hatten. Zum Tausch dafür hatte ich ihr die duftende, farbige Klangfülle der Welt meiner Kindheit dargebracht, das Licht, das die Haut im Schimmer von Meer und Himmel zum Glühen brachte. Das unaufhörliche, flüchtige und unbestimmte Liebesversprechen, das durch die Luft zog wie die Dünste eines Zaubertrankes.

Fiammetta hingegen war in der Schule schlecht. Sie hatte bis Oktober Latein und Mathematik nachzuholen, und ihre Großmutter war verärgert, weil sie bereits ein Jahr zurück war. Ich fand heraus, daß sie, obschon in derselben Klasse, ein Jahr älter war als ich. Sie hatte ein Jahr in der Grundschule verloren, nicht weil sie sitzengeblieben war, sondern aufgrund von Umständen, über die niemand sprach und über die Fragen zu stellen nicht angebracht war. Sie schicken mich an den Comer See, zu Großmutters Verwandten, die ich nicht kenne, teilte sie mir tonlos und kommentarlos mit, als wäre es ganz normal, als Paket behandelt zu werden. Ich fand es entsetzlich ungerecht. Es bestätigte mich in dem Eindruck, daß die Großmutter kein guter Mensch sei. Meine Mutter, immer tiefer in ihre Liebesangelegenheiten versunken, achtete trotzdem beharrlich darauf, daß ich lernte, ja, ihrer Meinung nach sollte ich nichts anderes tun als lernen, dafür opferte sie sich. Alles andere war ihr, was mich anging, gleich: Weiblichkeit, Liebe und Ehe waren verbotene Themen, besser, es gab sie einfach nicht. Seit wir Neapel verlassen hatten, war jede Eitelkeit verpönter als im strengsten Kloster. Aber stets war sie bereit, mir beim Lernen zu helfen, mich darin zu bestärken. Bei Fiammetta hingegen achtete niemand auf ihre Leistungen in der Schule. Deshalb schien mir das neuerliche Exil meiner zarten, schweigsamen Gefährtin den Stempel allergrausamster Ungerechtigkeit zu tragen; der Ungerechtigkeit der Mißachtung.

Sie hatte mir versprochen zu schreiben, aber sie tat es nicht. Auch ich schrieb ihr nicht, denn ich kannte ihre Sommeradresse nicht. Ich blieb in der Stadt, mit der Aussicht auf einige Ausflüge an die flache Küste bei Rom. Über Neapel sprach niemand. Urgroßmutter war tot. Mein Vater war nach London gegangen, von wo er mir lange, wunderbare Briefe schrieb, freilich ohne die Vergangenheit, aber auch ohne die Zukunft zu erwähnen, als hätte beides nichts mit uns zu tun. Ich spielte unten auf der Straße wieder mit den Kindern aus dem Stadtteil Ball. Rom im Sommer war selbst an unserer stumpfsinnigen Peripherie schöner als im Winter, erdig, ausgetrocknet, geruchlos. Meine Stimmung war gut. Aber kein einziger Tag verging, an dem ich nicht an Fiammetta gedacht hätte, deren Rückkehr ich leidenschaftlich ersehnte. Von Neapels verlorener Grazie war mir nur Fiammettas Geheimnis geblieben. Über die Entfernung hinweg klammerte ich mich immer fester an sie, wie an einen Lichtstrahl, der in der reflexlosen Helligkeit des römischen Sommers wahrhaft leuchtend glänzte.

Doch, mir ist es gutgegangen, sagte Fiammetta im schroffen, falschen Ton der Zerstreutheit, als ich sie am 3. Oktober zum ersten Mal nach den Ferien wiedersah. Ich war verwirrt und besorgt zu ihr nach Hause geeilt, begierig, ihr die Neuigkeit mitzuteilen – meine Mutter sprach von einem Wohnungswechsel. Sie wollte aus diesem Viertel, das sie nicht mochte, heraus, näher zur Stadtmitte hin. Das sagte sie. Doch ich wußte nie, was an den Erklärungen, die die Erwachsenen mir gaben, wahr oder falsch war. Aber als ich Fiammetta gesehen hatte, waren meine Gedanken wie weggewischt. Sie schien seit unserem Abschied Anfang Juni gänzlich verändert zu sein. Nicht nur, weil sie gewachsen und nun größer war als ich, die ich schon als sehr groß für mein Alter galt. Sie war gekleidet wie immer, in Bluse, Pullover und Faltenrock. Doch unter dem Pullover zeichneten sich wie Hügel die üppigen Rundungen einer Brust ab. Und über den Hüften, die nun zwei sacht geschwungene Linien beschrieben, sprangen die Rockfalten leicht auf. Aber die wichtigste Veränderung war nicht dies.

Ihr Körper beanspruchte einen anderen Platz im Raum als zuvor, und dieser Platz war anders als der, den meiner einnahm. Zwischen ihren gewohnten Kinderkleidern und der neuen weiblichen Figur lag ein bedrohlicher Kontrast; sie schien sich dessen schmerzhaft bewußt zu sein. Das Haar hatte sie zu einem großen Zopf zusammengefaßt. Das Gesicht war breiter und dunkler, die Augen waren noch mandelförmiger, ihr Blau lebendiger, die Pupillen größer geworden. Wir gingen in die Küche, um uns Tee zu kochen.

Früher waren ihre Bewegungen leicht und ruhig gewesen, als ginge die Welt sie nichts an oder als wäre sie die Welt und sonst niemand. Nun hantierte sie vorsichtig und ängstlich, als hätte sie ständig Angst, etwas zu zerbrechen.

Und tatsächlich, als sie nach der Zuckerdose griff, stieß sie mit dem Ellbogen gegen ihre Tasse. Der Tee floß in einem weiten dunklen See über den weißen Marmortisch und rann in einer dünnen Kaskade immer schneller auf die hellen Bodenfliesen hinab. Unterdessen war auch die Tasse hinuntergefallen und zerbrochen. Die Scherben in der dunklen Lache boten den Anblick eines fernen Archipels, und Fiammetta starrte ihn an, als hätte sich nicht etwas Unvorhersehbares ereignet, sondern ein Verhängnis, in das sie sich ergeben fügte. Sie blieb regungslos stehen. Bis ich in dem Schränkchen unter dem Spülbecken einen alten Lappen hervorkramte und die Spuren ihrer Verzweiflung wegzuwischen begann.

Ich hatte angenommen, das Rhodesien-Spiel in seiner manischen und gezierten Wiederholung würde niemals enden. Als ich es ihr nach dem Zwischenfall wieder vorschlug, gab sie nicht einmal eine Antwort darauf. Ihre Vettern müßten für die Schule lernen, sagte sie dann. Aber das war nicht wahr. Wie immer lungerten Guido düster und Piero munter in der Wohnung herum. Es gehörte zu Fiammettas Veränderung, daß sie nicht mehr spielen wollte. Statt dessen wollte sie spazierengehen. Am Comer See habe sie sich das Laufen angewöhnt, sagte sie. Die beiden alten Leute, deren Gast sie war, die ältere Schwester ihrer Großmutter und ihr tauber Mann, hatten sie zum Einkaufen ins Dorf geschickt, das ein gutes Stück vom Haus entfernt lag. Und sie hatte die Erlaubnis, bei Sonnenuntergang über einen stillen, schmalen Weg, der in einen kleinen Landungssteg mündete, zum See hinunterzugehen.

Auf der Straße längs der Batteria Nomentana war alles erschöpft, verblaßt, verlassen. Es fuhr kein Zug, die Geleise ähnelten einem verfluchten Fluß, und der graue Sonnenuntergang degradierte die Gärten zu formlosen Flecken. Noch brannten die Straßenlampen nicht. Ein feuchter, klebriger Wind trieb uns mit Vorbedacht schmutzige Erdkrumen ins Auge. Es sei besser, nach Hause zu gehen, sagte ich zu Fiammetta. Nein, sagte sie, sie wolle laufen. Aber sie wollte etwas anderes. Etwas, das ihr fremd war und worauf sie sich nicht verstand. Sie wollte reden. Denn gleich nachdem sie mit aller Entschiedenheit gesagt hatte, sie wolle laufen, hockte sie sich plötzlich auf ein Mäuerchen hin. Ich blieb noch eine Weile stehen und schaute sie an, während ihre Lippen eine verworrene und bruchstückhafte Geschichte zustandebrachten, die so zur eleganten Linie des Mundes kontrastierte, wie die Kinderkleider ihren vollkommenen weiblichen Körper entstellten. Als sie geendet hatte, setzte ich mich ergeben neben sie. Die Nacht hatte die Welt um uns schon erbarmungslos schwarz wie einen Lavastrom gefärbt. Im Dunkel griff Fiammetta nach meiner Hand. Ihre Hand hatte sich seltsamerweise dem schnellen Wachstum ihres Körpers entzogen und war die kleine, heftige, unsichere Hand eines Kindes geblieben.

Die Monate um den Jahreswechsel Ende 1959 waren still und fürchterlich. Es ereignete sich wenig. Doch das, was geschah, entzog sich gänzlich meinem Verstehen und erfüllte mich nachhaltig mit einem Entsetzen, das sich allmählich in Fiammettas Zuhause widerzuspiegeln begann. Am Anfang unserer Zusammenkünfte, wenn die Großmutter uns zu einem kleinen Imbiß lud und stets ein Stück Torte oder ein Schmalzkringel auf einem goldgeränderten Porzellanteller bereitlag – oder wenn ich die alte Dame mit kleinen Hausarbeiten beschäftigt sah, die sie regelmäßig unterbrach, um eine Haarsträhne in ihren Knoten zurückzuschieben – oder wenn sie das Abendessen vorbereitete und die leicht nach Alkohol und Gemüse schmeckenden Düfte norditalienischer Gerichte durch die Wohnung zogen, von der umständlichen und sorgfältigen Liturgie kündend, die auf der Routine eines wohlbehüteten Haushalts beruht –, war mir das Herz aufgegangen. Denn ihr schwer zu verwirklichender Traum beanspruchte meine Mutter immer mehr. Ein Familienleben gab es bei uns nicht, und daß sie jede hausfrauliche Sorgfalt vernachlässigte, war so unübersehbar wie ein Hautausschlag. Was wir aßen, war ohne Farbe, Geschmack und Duft. Außerdem fand sie die Wertschätzung des Essens verwerflich und auch irgendwie abstoßend.

Ich hatte, als mich die scheinbare Normalität in Fiammettas Wohnung entzückte, den kosmetischen Friedhof im Bad noch nicht entdeckt. Noch hatte ich das täuschend echte Make-up der Großmutter und die im finstersten Winkel des staubigen Regals versteckte Fotografie des schönen Mädchens im Badetrikot nicht gesehen. Und ich kannte die Tante noch nicht, die Mutter von Guido und Piero. Ich begegnete Ada an einem sonnigen Nachmittag im November zum ersten Mal. Fiammetta kam mir auf der Brücke entgegen, die über die Bahn auf der Nomentana führt. Wie stets erfüllte mich der Nordwind mit Fröhlichkeit und Lebenszuversicht. Fiammetta hingegen wirkte eingeschüchtert und scheu. Sie erzählte, die Tante habe die Arbeitsstelle gewechselt, sei gegen zwei Uhr zurückgekehrt und werde ihre Nachmittage fortan zumeist zu Hause verbringen. Fiammetta sprach, um das eine zu sagen, häufig von etwas anderem. Mit vollkommener und gedankenloser Unschuld verbarg sie das Wesentliche unter dem Nebensächlichen, Überflüssigen. Noch war der stillschweigende Pakt, der uns später einen sollte – ich war ihre Stimme und sie mein Körper, ich ihre Gedanken, sie mein Tun –, nicht geschlossen. Aber ich begriff, daß sie mich warnen wollte.

Die untergehende Sonne fiel senkrecht durch die Fenster des Salons und erfüllte den Raum mit einem violetten, unwirklichen Licht. Ada war im Begriff, sich die Nägel zu lackieren. Sie saß auf einem Sofa aus grünem Samt, der

Lack war dunkelrot, das gefärbte Haar, an dessen Ansatz sich eine braune Linie schlängelte, grellblond. Ihre Stimme klang wie Werg. Der Blick, mit dem sie mich betrachtete, war freundlich, prüfend und im Grunde gleichgültig, die schlimmste Kombination von Blicken, die ich kenne.

Ada glich keiner der Frauen in der Familie. Alles an ihr signalisierte Tüchtigkeit, Sachlichkeit und Zweckmäßigkeit, angefangen bei den Hosen, die sie fast immer trug, meist mit einer Pulloverkombination, die heute Twinset heißt und damals Romeo und Julia genannt wurde. Ein Jäckchen mit vielen Knöpfchen aus Perlmutt und einem runden Halsausschnitt, das man über einem kurzärmligen Pullover im gleichen Farbton trug. In der Regel hatten ihre Twinsets lebhafte Farben, rosarot oder giftgrün oder blau; die Hosen waren blau, grau und schwarz. Weder besaß Ada die anmutige Hinfälligkeit von Annabella, wie ich sie an jenem Abend in dem Milchladen wahrgenommen hatte, noch die sorgfältig hergerichtete greisenhafte Grazie der Großmutter, und auch die Schönheit des Mädchens auf dem Foto nicht. Natürlich erinnerte nichts an ihr an Fiammettas glühende Düsternis. Ada war von penibler und penetranter Höflichkeit. Sie durchdrang ihr Lächeln, ihre Zuvorkommenheit und ihre Gesten. Aber gewiß nicht ihr Herz.

Ihre Anwesenheit zu Hause komplizierte unsere Nachmittage. Ada nahm sich heraus, uns vorzuschlagen, was wir spielen sollten – Skarabäus zur Verbesserung unserer

Sprachkenntnisse zum Beispiel, oder gewisse komplizierte und höchst langweilige Versionen von Mensch-ärgere-Dich-nicht oder das langwierige Kaufmannsspiel, gerade noch erträglich zu Weihnachten – das galt uns als Beweis ihres mangelnden Interesses an allem, was wirklich Spaß machte. Mitten am Nachmittag rief sie uns alle im Salon zu einem üppigen Imbiß zusammen, den niemand verlangt hatte. Während sie so tat, als unterhielte sie sich mit uns, schlug Guidos Verschlossenheit in stumme Verzweiflung, Pieros Überschwang in trotziges Murren um. Ich sank in meine alte Schüchternheit zurück, die allerdings nicht länger unschuldig und harmlos war, sondern von Schaudern innerer Wut geschüttelt. Fiammetta setzte ihr finsteren Widerstand entgegen, die Lippen zusammenpressend, bis sie blaurot anliefen, den Blick auf das Teetablett gerichtet, starr und steif, jede Bewegung noch unbeholfener und gekünstelter als sonst. Die Aufdringlichkeit der Tante trieb sie immer enger zu mir hin. Sie vertiefte Fiammettas neue, mühselige Lust am Reden.

Aus ihren Erzählungen hätte ich nicht viel begreifen können. Fiammetta sprach in jener unzusammenhängenden und diffusen Art über die Angelegenheiten ihrer Familie, in der Kinder über die Katastrophen reden, deren Zeugen sie sind. Mir hingegen widerfuhr Ungewohntes. Ich war zu Hause nicht imstande, mir Begebenheiten zu erklären, an denen ich als Beteiligte und Betrachterin teilnahm – vielleicht, weil ich nichts davon wissen wollte. Oder weil man mich im Ungewissen darüber lassen wollte.

Weil es ihnen gleich war, ob ich begriff, was geschah, oder nicht. Ab und zu verschwand meine Mutter mit ihrem kleinen Sohn in irgendeine Stadt in Norditalien. Ich kam dann zu der Cousine, wo man mit dem üblichen liebevollen Mitleid mit mir verfuhr. Aber auch wenn meine Mutter da war, war es, als sähe sie mich nicht; vielleicht, weil sie mich nicht mit dem Schmerz anstecken wollte, in dem sie lebte. Von plötzlichen Ausbrüchen abgesehen, bei denen sie mich mit Küssen und Liebkosungen überhäufte, schienen sie nur meine Schulerfolge zu interessieren. Nur diese heiterten sie auf, aber nicht weil sie ehrgeizig oder eitel war, sondern mehr wie ein Mensch, der von seinem Kind Zeichen erhält, daß es dabei ist, sich vor großer Gefahr in Sicherheit zu bringen.

Mein Vater schrieb mir nicht mehr, seitdem er aus England nach Neapel zurückgekehrt war. Ich hatte keine Nachricht von ihm, und die Stadt, in der ich gelebt hatte, war nunmehr nur noch ein Symbol für etwas Fernes. Wurde sie in der Schule erwähnt, schämte ich mich, als wäre die Bindung an den Ort meiner Kindheit für mich nicht länger gerechtfertigt. Erinnerung und Phantasie flossen ineinander. Vom Bild des nicht sehr großen Areals, in dem ich gelebt hatte, blieben mir nur Lichter und Klänge, Musik und die Worte der Lieder, die Empfindung des funkelnden, tiefen Wassers des Meeres. In der Schwebe zwischen der unwirklichen Vergangenheit und der unverständlichen Gegenwart, verlor ich das Interesse an meinem Leben und den Menschen und Begebenheiten, die es darin gab. Doch zum Ausgleich dafür entbrannte in mir eine heftige Neugier auf das Leben der anderen im allgemeinen. Und mit besonderer Hartnäckigkeit interessierte ich mich für das Leben von Fiammetta.

Auf den dunklen Spätnachmittag, den wir auf dem Mäuerchen in der Via della Batteria Nomentana verbracht hatten, folgten in den verwahrlosten und unwirtlichen Straßen unseres Stadtteils viele weitere. Schirokkostürme und kristallklare Nordwinde, erfrischender Sauerstoff in Böen aus dem Norden und erstickende Wärme, Todesworte und Heiterkeitsausbrüche – Fiammettas Stimmung folgte dem launischen Verlauf des römischen Winters. Sie ging mit mir aus dem Haus, düster und streng in ihrer Traurigkeit, dann schlug die Verzweiflung um in Rebellion. Um fast immer in Hoffnung zu münden – endlich erwachsen, würde sie in den Süden zurückkehren. Vielleicht nach Neapel, vielleicht sogar nach Afrika.

Ihre Mutter hatte Selbstmord begangen. Die alte Frau am Comer See hatte es ihr gesagt und sie mit einer unaufhaltsamen Flut erbaulichen Geschwätzes überschüttet, das Fiammetta nicht hören wollte. Die alte Frau hatte ihr nichts erspart, um ihr den rechten Weg zu weisen, brutal, als errichtete man den rechten Weg auf der Zerstörung eines anderen, als wären Kinder eine bequeme Müllgrube für das Unheil, in das sie verfangen sind. Als Fiammetta sieben Jahre alt war, hatte ihre Mutter Selbstmord begangen. Vielleicht war es besser so, nach all dem, was sie verbrochen hatte, hatte die alte Frau gesagt, die ihr keine Pause gönnte. Bedrohlich langsam und so unaufhörlich, wie sie sprach, strickte sie, mit krummen Händen wie eine Hexe, sagte Fiammetta. Oder sie kochte für ihren Mann die faulig nach verdorbener Erde riechende Abendsuppe, und währenddessen hatte sie erklärt, was Fiammettas Mutter alles verbrochen habe. Angela war achtzehn, als sie Annabella, die im Begriff war zu heiraten, Federico gestohlen hatte – die alte Frau sagte wirklich gestohlen, als wäre von einem Geldbeutel oder einem Ring die Rede. Angela brannte mit Federico, Fiammettas Vater, nach Afrika durch. Nur zu dem Zweck, daß sie einen Geliebten hatte und schließlich Selbstmord beging. Diese Geschichte hatte mir Fiammetta in unordentlichen, von Wut und Schmerz zerrissenen Sätzen erzählt. Doch Wut und Schmerz rührten nicht von der Geschichte, die sie längst kannte, sondern von der schamlosen Raserei der alten Frau, die alles hatte aussprechen müssen und dadurch das Schweigen ihres Herzens verwüstet hatte und ihr Worte abgepreßt hatte, die Fiammetta an den Winternachmittagen, an denen wir unterwegs waren, nicht mehr zurückzuhalten vermochte und die sie ungern aussprach.

In Erinnerung waren ihr die eleganten und gut gebügelten hellen Leinenkleider ihrer Mutter geblieben, daß sich die Mutter damit begnügte, zerstreut zu lächeln, wenn die anderen lachten. Die Glut der Zigarette, die Kreise und Schlangenlinien ins Dunkel ihres Zimmers malte, wenn die Mutter an ihr Bett eilte, um sie in den Schlaf hinüberzugeleiten. Diese Erinnerungen waren Fiammetta genug. Hell kleidete sich ebenfalls der Vater, der leicht borstige Wangen hatte, denn sein Bart, der glänzte wie kostbarer Samt, war schwer zu bändigen. Er nahm sie rittlings auf die Schulter und rannte mit ihr kreuz und quer durch den Garten. Weiter war nichts wichtig. In den Tagen nach Angelas Beerdigung, als niemand mit Fiammetta sprach, war Annabella gekommen und hatte sie im Flugzeug nach Italien gebracht, in Begleitung einer Puppe aus Lumpen, die sie ihr geschenkt hatte. Bisweilen strich Annabella ihr über das Haar, ohne etwas zu sagen. Ohne später jemals die Herrschaft dieses Schweigens zu brechen, die Sanftheit der Liebkosung zu mindern. Auch nicht in den Jahren ihres gemeinsamen Lebens in Neapel, wenn sie jede Nacht ausging und Fiammetta in der Obhut der alten Frau zurückließ, die ich damals in dem Milchladen gesehen hatte.

Dann fanden wir endlich ein neues Spiel, ich weiß nicht, ob es in den letzten Frühjahrsmonaten der zweiten oder im Herbst zu Beginn der dritten Klasse in der Mittelschule war. Der Sommer war belanglos vergangen. Ich war mit der Cousine meiner Mutter und deren Familie an der ligurische Küste gewesen. Fiammetta, sie war im Juni in die nächste Klasse versetzt worden, hatte die Ferien mit der Großmutter und den Vettern in Asolo verbracht. Unser Spiel bestand in der vierhändigen Niederschrift eines Abenteuerromans, dessen Heldin ein unerschrockenes und unvernünftiges, aber vom Glück sehr begünstigtes junges

Mädchen namens Tamara de Rivalls war – ein befreiender Kompromiß zwischen ihrer Afrika-Nostalgie und meiner Neuseeland-Manie. Tamara de Rivalls schüttelte geschickt Banditen und Spione ab, die sie beharrlich und scheinbar grundlos verfolgten. Sie sprang von den höchsten Wasserfällen, baute sich bequeme, unzugängliche Schlupfwinkel im Dschungel und in den nördlichen Wäldern und ging ungezwungen in überseeischen Schlössern ein und aus und benutzte Flugzeuge. Im Vergleich zu uns beiden hatte sie vor allem eine beneidenswerte Eigenart: sie war ohne Familie. Aber nicht wie die Heldin eines Dickens-Romans, denn sie konnte, eben weil sie keine Eltern, Großeltern, Tanten und Vettern hatte, sorglos, mutig und flatterhaft sein. So flatterhaft, daß sie sich nach ein paar Dutzend Seiten unter unseren Händen aus dem Staub machte, aber sie hinterließ uns ein wenig von ihrer Energie. Wieder vergruben wir uns Nachmittage lang in Familiengeschichten, die von Fiammetta natürlich, aber in anderer Stimmung, auch weil Fiammetta dank meiner Reden die Vorzüge eines rebellischen Geistes entdeckt hatte. Überdies hatten wir eine Feindin, das vereinfachte alles, und natürlich hieß die Feindin Ada.

Es war einfach, Ada zu kritisieren. Unseren noch immer kindlichen Ohren entging weder der falsche Ton, in dem sie sprach, noch die zeremonielle, süßliche und hohle Seite ihrer Zärtlichkeiten, die besorgte Koketterie, mit der sie sich im Spiegel betrachtete oder obsessiv die Nägel pflegte. Die eigentliche Grammatik von Adas Herzen aber wurde offenbar, wenn, was nicht oft geschah, ihr Freund sie besuchte oder sie nachmittags ausnahmsweise in der Wohnung in der Batteria Nomentana abholte. Ihr Freund war ein verschmitzter und gutmütiger dicker Rechtsanwalt mit nicht sehr vielen Haaren auf dem Kopf, die wie ein verschlissener Teppich auf einem ärmlichen Fußboden tapfer quer über den Schädel gekämmt lagen. Er war zu uns Kindern auf schüchterne Weise freundlich, vor allem zu Fiammetta, deren Vater er in der Jugend gekannt hatte. Wenn er nicht da war, versäumte Ada keine Gelegenheit, um auf die Ergebenheit ihres Freundes hinzuweisen oder seine in der Tat reichlichen Geschenke, und benahm sich dabei wie ein mit Fug und Recht verwöhntes, zufriedenes kleines Mädchen. Sobald er da war, wurde sie wie durch unvermeidliche Zauberei schroff und hart, als hätte sie ihm stets etwas vorzuwerfen. Dabei war in der ganzen Familie bekannt, daß er sie auch finanziell unterstützte und sogar bereit war, sie sich in einem großen Haushalt mit den beiden Söhnen aufzubürden. Ich spürte die Wahrheit mit jener intuitiven Treffsicherheit heraus, mit der die Kinder die Beschaffenheit des Herzens entdecken, auch wenn sie es noch nicht in Worte fassen können. Das Gefühl, die große Leidenschaft, die Ada beseelte, war der Groll. Doch sie beneidete die selbstmörderische Schwester mit den langen Beinen nicht um die Schönheit und die einsame, verlassene Schwester nicht um die Anmut. Das Leben, hätte sie selbst gesagt, hatte beide viel mehr benachteiligt als sie. Es war die Tragödie von beiden oder besser, das Glühen des Lebens, von dem diese

Tragödie kündete, die ihren Neid erregte. Ada hatte Angela niemals vergeben, daß sie sich aus Liebe umgebracht hatte. Sie verzieh Annabella nicht die eigensinnige Einsamkeit aus Liebe, die sich der Vergangenheit und der Erinnerung weihte und die Annabella in der schlechten Reputation ihrer schlaflosen Nächte stolz erduldete. Es war der nächtliche Glanz ihres Schmerzes, den Ada nicht ertrug.

Als ich sehr klein war, erzählte mir meine Mutter zum Einschlafen eine Geschichte, die sie selbst erfunden hatte. Sie erzählte immer dasselbe Märchen von Ginestra. Ginestra saß am Fenster und stickte. Dreimal ging unter ihrem Fenster ein wunderschöner Jüngling vorbei. Er sah sie und war sofort verliebt. Sie hingegen bemerkte ihn erst beim dritten Mal und verliebte sich fortan für immer. Aber zuvor geschah noch etwas anderes. Die Eltern schickten Ginestra zum Erdbeerensammeln in den nahen Wald. Fröhlich bei der Arbeit, erspähte sie plötzlich ein winziges Männlein, das weinend auf einem kleinen Stein saß. Warum weinst du, fragte sie es. Weil meine Gefährten wollen, daß ich ihnen einen Korb voll Erdbeeren bringe, aber ich bin zu klein, um welche zu sammeln, antwortete es. Da formte Ginestra aus Eichblättern ein kleines Körbchen, füllte es mit Erdbeeren und überreichte es ihm. Zum Dank gab es ihr einen Ring – der für ihn vielleicht eine Halskette war – und sagte zu ihr, falls sie ihn eines Tages benötige, um einen unerreichbaren Wunsch zu verwirklichen, solle sie an dem Ring reiben, und er würde herbeieilen. Nachdem

Ginestra den jungen Mann zum dritten Mal hatte vorbeigehen sehen, mußten die Eltern in großer Eile in ein anderes Land ziehen, und mit ihnen zog Ginestra. Sie setzte sich in dem neuen Haus ans neue Fenster. Aber ihr Geliebter kam nicht. Da begann sie zu verzweifeln. Sie wollte nicht essen, nicht trinken und nicht schlafen. Weinen wollte sie, sonst nichts.

Der junge Mann war unterdessen viele Male immer wieder unter dem alten Fenster vorbeispaziert. Aber die Geliebte zeigte sich nicht wieder. Da kehrte er in seine Burg zurück, denn da er ein Prinz war, hatte er eine. Er legte sich ins Bett und wollte weder essen, noch trinken oder schlafen. Ginestra aber rang in ihrer Verzweiflung die Hände, berührte dabei den Ring, und der kleine Mann erschien. Warum weinst du? fragte er. Sie erzählte ihm die Geschichte, und er, der zwar im Walde lebte, aber alles wußte und sämtliche Adressen kannte, speziell die Adressen der Burgen, eilte zu dem Prinzen, hieß ihn, sein Pferd zu satteln und ihm zu folgen. So fanden die beiden wieder zueinander, und es war für immer.

In den Geschichten, die sich um Fiammetta rankten, kamen keine Ringe vor, abgesehen von denen, die die Tante zur Schau stellte, Geschenke des dicken, wenig märchenhaften Rechtsanwalts. Zweimal war das Märchen im falschen Moment abgebrochen. Doch Annabella und Angela waren für mich Heldinnen der Liebe geworden wie Ginestra, Heldinnen der beharrlichen Liebe, der Liebe in ihrer reinsten Form.

Im März zogen wir um, in Räume, die eine Übergangslösung waren, und in denen wir nur wenige Monate blieben, bevor wir in unserer endgültigen römischen Bleibe landeten. Die Wohnung lag im obersten Stock und ging auf einen großen Innenhof hinaus, von dem keine Spur von Leben und keine Stimmen heraufdrangen; manchmal abends hörten wir die Melodien eines fernen Grammophons, Lieder, die ich nicht kannte. Ich weiß auch nicht mehr, wie die Wohnung aussah. Ich kann mich nur daran erinnern, daß sie hell und unnatürlich still war. Die große Terrasse war an drei Seiten von Mauern eingefaßt. An der vierten erhob sich ein Holzgitter mit einer tristen amerikanischen Rebe, die sogleich krank wurde, obwohl es angeblich eine sehr widerstandsfähige Pflanze war. Die Terrasse sah dem Hof einer Haftanstalt gleich. Winzige rote Tiere bevölkerten sie, die rührigste Gesellschaft, die ich in dieser Wohnung hatte, jedenfalls solange ich, verdrossen über ihre Vermehrung, nicht immer wieder beschloß, sie mit einem Eimer voll Wasser wegzuschwemmen. Meine Mutter verabscheute diese Wohnung, man könne nicht ohne ein Fenster zur Straße hin leben, sagte sie. Aber die Straße in der Nähe der Via Tagliamento war nicht fröhlicher als die Wohnung, glaube ich. Ehrbar eingeschwärzte große Gebäude mit schwerem, solidem, bürgerlichem Dekor, auf dem Bürgersteig eine Reihe müder Eichen, Überreste des alten Parks der Villa Savoia, das Licht vom dunklen Widerschein der Häuser verdüstert, und kein Geräusch.

Für meine Mutter waren die Monate dort wohl außerordentlich schwierig. Für mich waren sie außerordentlich einsam. Unverhofft tauchte eines Tages mein Vater auf, mit irgendwelchen Plänen beschäftigt, die ich nicht kannte und über die er nichts erzählte. Ich weiß nicht einmal, ob er damals in Neapel lebte. Er führte mich ins Kino und bevor er wieder verschwand, schenkte er mir ein kleines orangefarbenes Grammophon und eine Platte, *Rio Bravo*, das Lied aus dem Film, von Dean Martin gesungen. Ich hörte es stundenlang an, wenn ich nicht mit den roten Tierchen meine Spiele trieb. Auf die Straße konnte ich nicht gehen. Es gab dort keine Kinderhorden wie in der Gegend, aus der wir weggezogen waren. Nur Damen in frühlingshaften, aber farblosen Kostümen und fest unter den Arm geklemmten, glänzenden Täschchen aus schwarzem Leder. Es regnete unaufhörlich, als der Winter zu Ende ging. Wenn der Regen endete, blieb sein matter Glanz in der Straße hängen. Die wenigen Möbel aus dünnem hellem Holz standen dort, wohin sie beim Umzug aufs Geratewohl gestellt worden waren. Alles blieb vorläufig, schwankend, vor allem unsere Stimmung. Doch das Exil war vorbei, jedenfalls konnte mein Leben in Rom nicht länger als bloßes Exil gelten. In den ersten quälenden und verworrenen Jahren hatte mir die Stadt, die ich verlassen hatte, unaufhörlich ihren blendenden Schein nachgesandt. Jetzt zog sie sich in die Erinnerung zurück. Jede Nacht träumte ich von ihr, nicht von der Stadt selbst, sondern von Posillipo, so, wie man das Kap vom Meer aus sah, ferne weiße Häuschen wie auf dem Aquarell eines naiven

Malers. Dieser beharrliche Traum hatte, wie so oft, die Bedeutung eines Abschieds.

Fiammetta traf ich nicht mehr oft, angeblich wegen der Entfernung und der Busverbindung. Um zu ihr zu gelangen, mußte ich zweimal umsteigen, und die Heimfahrt bei Dunkelheit war schwierig – auch weil die neue reputierliche Straße nach Sonnenuntergang bedrohlich verödete; es war keine Straße wie in der Vorstadt mit dem Café an der Ecke, wo es einen Fernsehraum gab und Menschen gesprächig und laut bis Mitternacht ein- und ausgingen.

Aber ich hatte auch keine große Lust, Fiammetta wiederzusehen. Denn jetzt hatte ich Klassenkameradinnen, die in meinem Stadtteil wohnten, und langsam freundete ich mich mit ihnen an. Eine gefiel mir besonders. Sie hieß Enza und hatte flammendrotes Haar, das gelb, oder, wie sie meinte, blond gestreift war, weil sie es mit Wasserstoff behandelte, wie sie es bei ihrer Mutter gesehen hatte. Enza war die Enkelin einer alten Zeitungshändlerin aus der Viale Regina Margherita. Die Eltern hatten ein Vorstadtcafé und waren, wie sie selbst sagten, einander so unverkennbar zärtlich zugetan wie am ersten Tag nach der Hochzeit.

Enza interessierte sich einzig und ausschließlich für Sexualität. Sie hielt mir lange Vorträge mit so unglaublichen wie überzeugenden Details, wohingegen sie in der Schule lustlos und ein wenig dumm war. Sexuelle Fragen aber weckten ihre Intelligenz und ihre fröhliche, unbekümmerte und manchmal düstere Phantasie. Ich half ihr in Latein und Italienisch. Sie erklärte mir dafür, zuweilen auch mit Hilfe schlampiger kleiner Skizzen, jede nur mögliche und unmögliche Form der Vereinigung, ein märchenhaftes Abenteuer, das mit menschlicher Psychologie und Gefühlen nichts zu tun hatte. Vor allem der Erguß des männlichen Samens begeisterte sie. Ein Zaubertrank, ätzend und fluoreszierend, dessen man sich um jeden Preis bemächtigen mußte, wenngleich mit List und Bedacht, um die Gefahren dabei zu meiden. Mit Enza verband mich nichts, außer dem Interesse an sexuellen Fragen, mit dem sie mich angesteckt hatte, und ihrer unverwüstlich guten Laune. Sie war anders als ich, ich glaubte ihr alles, was sie sagte und lauschte ihr mit offenem Mund. Ich war gern mit ihr zusammen, auch mit Francesca, die in der Via Alessandria wohnte und eine zahlreiche, solide und gefühlvolle Familie und nichts als Kleider, Frisuren und die Verlobung ihrer älteren Schwester im Kopf hatte. Ich betrachtete mich oft im Spiegel. Das Kind von früher sah ich nicht mehr, aber auch das Mädchen nicht, das ich gern gewesen wäre. Ein Gespräch mit der Fremden, die sich mir im Spiegel zeigte, war nicht der Mühe wert. Für dieses Mädchen waren Enza und Francesca die richtigen Freundinnen. Nicht Fiammetta, Botin einer Vergangenheit, an die zu denken sinnlos geworden war.

Aber eine Zeitlang sahen wir uns noch. Wir verabredeten uns an der Kreuzung Via Nomentana und Viale XXI. Aprile, die an sonnigen Nachmittagen in ein grelles gelbes Licht getaucht ist, in dem die Busse aneinander vorbeigleitend tanzen. Gewöhnlich gingen wir dann bis zu dem Gärtchen an dem Weg zum Mausoleum der Santa Costanza hinter der Kirche Santa Agnese. Wir waren nur eine gute Stunde zusammen. Doch es wurde immer schwieriger, diese Stunde zu füllen. Wir sprachen nicht mehr über die Familiengeschichten, als wären sie an den Kinderkörpern haften geblieben, die im Begriff waren, uns zu verlassen. Manchmal schlug ich ihr einen Wettlauf auf dem Bürgersteig der Via di Santa Agnese vor, die zuerst anstieg und dann abfiel. Aber sie blieb fast sogleich wieder stehen. Denn das Hüpfen ihrer Brust, die, nunmehr eindeutig entwickelt und fest, unter dem Pullover vorsprang wie die antiker Fruchtbarkeitsgöttinnen, schien sie zu stören und noch mehr zu verwirren, wie etwas, das nicht zu ihr gehörte. Zwar zog ihr Reiz meinen Blick und wie ein Magnet auch den der männlichen Passanten an, doch daran zeigte sich Fiammettas Veränderung nicht.

Von ihrer zerstreuten Ruhe, der Distanziertheit und dem Stolz von einst war nur ein regloses dunkles Licht in ihren Augen übriggeblieben. Alles andere an ihr wurde von unwiderstehlicher Ungeduld angetrieben. Sie war nicht imstande, ihre Aufmerksamkeit fest auf ein Thema zu richten. Nicht, daß wir so viele gehabt hätten, denn nicht im Traum hätte ich mit ihr die Mysterien der Sexualität besprochen, die ich mit Enza zelebrierte, oder ihr von den kleinbürgerlichen Ritualen erzählt, mit denen mich Francescas Familie verführte. Sie wiederum sprach nur noch von der Zukunft; in kurzen, abgehackten Sätzen, die durch die kalte Frühlingsluft flatterten, in den Raum einer Zeit, die wir nicht kannten. Fiammettas Zukunft war stets ein Ende, das Ende des Schuljahres, das Ende der Sommerferien, das Ende der verhaßten Klosterschule, denn sie sollte vom kommenden Jahr an gleichfalls auf das Tasso-Lyzeum gehen. Und vor allem bedeutete Zukunft, vielleicht, das Ende des gemeinsamen Lebens mit den Vettern und Ada, die, vielleicht, mit dem Rechtsanwalt zusammenziehen wollte. Viele Enden und viele Vielleichts. Doch danach schien sich ihr ein neues Leben zu eröffnen, das sich vom jetzigen unterschied. Noch sah sie dessen Konturen nicht. Aber sie träumte unruhig von den Möglichkeiten.

An den Nachmittagen im Garten der Kirche wurden die Worte zwischen uns flüchtig und gleichgültig. Sie signalisierten kein Wiedererkennen mehr, umgaben uns nicht mehr in einem einzigen Klang. Ich war kein Echo ihrer Erzählungen mehr. Gewöhnlich trafen wir uns zwischen halb fünf und sieben Uhr, so daß mir ihre Stimme mit dem Dämmerlicht langsam in der Luft zu verschwinden schien. Wenn es schließlich dunkel war, standen wir von der Treppe der falschen Grotte von Fatima auf, stets mit einem Frösteln, das uns in das Schweigen und die Distanz voneinander entließ.

Am Nachmittag des 30. Mai kam Fiammetta zu unserer Verabredung zu spät. Meine Tante geht fort, sagte sie ohne mich zu begrüßen. Während wir auf Santa Costanza zuliefen, starrte sie vor sich hin, kniff die Augen zusammen und antwortete nicht, als hätte sie meine Fragen nicht gehört. Ihr weißes Gesicht war ungewöhnlich rot. Die Schläfen glänzten. Aus ihrem schlampig gebundenen Haarschopf lösten sich einige Strähnen, die ihr unschön in den Nacken rutschten. In einer Hand zerdrückte sie ein Sträußchen armseliger Veilchen. Kannst du ein Geheimnis für dich behalten? fragte sie, während sie die Veilchen an ihrem Gesicht rieb. Ich gehe nämlich fort, ich beende das Lyzeum nicht. Allein kann mich Großmutter nicht zwingen hierzubleiben. Dann beugte sie sich vor, schleuderte wütend die Veilchen vor die Grotte der blauen Madonna, die ihr Gelöbnis vernommen hatte, stand auf und ging schweigend davon.

Posillipo Sommer 1962

Was erblickte Fiammetta in Pietro, der sich geschmeidig im endlosen Cha-Cha-Cha in den Hüften wiegte und ihr mit kleinen Sprüngen folgte? Drei Schritte, ein Knicks, wieder drei Schritte, noch ein Knicks, ein Kopf geht nach vorn, der andere zurück, ohne daß man sich jemals berührt. Was sah Pietro in dem Moment, als die Köpfe voneinander wegflogen, in Fiammettas traurigen, glänzenden Augen? Was sah ich in diesen beiden Körpern, die von der Woge der Musik getragen im violetten Schein der Lampe erschienen und dann in den dunkelsten Winkel verschwanden, nah aneinander und doch getrennt? Unser erstes richtiges Tanzfest fand am 15. Juni 1962 in Glaucas Wohnung statt. Weder ich noch Fiammetta trugen eigene Kleider. Aber unsere Maskeraden – die sich Glaucas ungebremster Großzügigkeit und ihrem Hang zu Kleidern und zur Verkleidung verdankten – waren nicht gleich.

Ich habe in diesen Jahren oft daran gedacht, obwohl ich mich an jenen Sommer kaum erinnere. Aber an das, was mir wichtig ist, schon, nicht in linearer Reihenfolge, sondern bruchstückhaft und deutlich. Es ist, als verdichtete sich alles auf der Oberfläche des Meeres, am frühen Nachmittag gegen zwei, wenn die lotrechte Herrschaft der Sonne das azurblaue Funkeln besänftigt und die Felsklippen glühend heiß sind. Es gab in jenem Sommer freilich auch Nächte, Nächte in manchen Straßen der Stadt, wo die Laternen noch in der schwärzesten Dunkelheit ungewiß flimmernden Festlampions gleichen. Nächte an finsteren Orten, feuchten Stränden früh um drei, in Winkeln auf dem Lande, auf düsteren, unwirklichen Fahrbahnen. Nächte unter Sternen in den dunklen Pinienhainen des Parco della Rimembranza. In Tanzsälen oder Schlafzimmern.

Fiammetta schüttelte ihr stumpfes Schweigen erst kurz vor unserer Ankunft etwa auf der Höhe von Pozzuoli ab. Stumm, mit gesenktem Kopf, hatten wir den ersten Teil unserer Reise in die verlorene Stadt, in der wir uns als Kinder begegnet waren, verbracht. Eine unvorhergesehene Reise nach dem einen Jahr, in dem wir nun dieselbe Schule besuchten. Wenn sich unsere Wege im Flur oder im Hof bei der Gymnastik kreuzten, war von unser früheren Vertrautheit zumindest dem Anschein nach nur Verlegenheit geblieben. Ich hatte Fiammetta im Herbst am Tasso-Lyzeum wiedergetroffen. Damals hatten wir nur rasch Informationen über die jeweiligen Lehrer ausgetauscht. Dabei war es geblieben, auch bei den wenigen Malen, die wir in den Monaten darauf miteinander sprachen, wie Kinder, für die ihr Leben ein Gepäck ist, das nur manchmal vorgezeigt werden kann.

Damals trugen die Schülerinnen schwarze Kittelschürzen. Ein merkwürdiger Kontrast zu den männlichen Schulkameraden, denen es freistand, sich gewissermaßen in Zivil zu kleiden – auch das gewiß nicht ohne Probleme, denn manch einer wurde von einer verständnislosen und grausamen Familie dazu gezwungen, beschämenswert kurze Hosen zu tragen. Oder man fiel durch bescheidene Kleidung auf, die nicht, wie bei den Kindern heute, ohne Unterschiede war. Doch unsere schwarze Aufmachung – keine Uniform, denn jeder Kittel hatte einen anderen Schnitt – wirkte nicht entwürdigend oder sexuell diskriminierend, wie man später zu sagen begann. Bezogen auf die fahrige, unentschlossene Pubertät der Jungen, hob sie uns unmißverständlich als eine eigene Kaste hervor, die abzulehnen und deshalb begehrenswert war, für den einen mehr, den anderen weniger, natürlich. Der schwarze Kittel, dieses sonderbare Kleidungsstück, wirkte an jeder Schülerin anders – Küchenmädchen, Äbtissinnen oder dunkle Sirenen.

Fiammetta kleidete der schwarze Kittel besonders gut. Er verlieh ihr eine überlegene, weibliche und noch geheimnisvollere Aura als sonst. Sie war sehr elegant. Feingliedrig, aber nicht mager im schwarzen Satin des Kittels, der ihren Körper umspielte, kleine Wellen nächtlichen Lichts aussendend, den Vorhang des langen Haars schwarz und glatt über die Schulter fallend wie ein Cape, sah ich ihr Profil schweigend und einsam in der Tiefe eines der hohen Fenster, die auf den Hof hinausgingen.

Mich interessierten neue, überschaubarere und einfachere Freundschaften. Ich wähnte die verworrene Welt meiner Familie vergessen und damit auch sie, die sich im übrigen nicht um mich kümmerte, ja, mich zu meiden schien. Doch dann geschah etwas Unverhofftes. Gegen Ende des Frühlings wurde beschlossen, daß ich den Sommer in Neapel verbringen solle, ich weiß nicht mehr, warum. Vielleicht wollte mich mein Vater, aus England zurückgekehrt, unbedingt sehen, oder vielleicht wollte ich bei ihm sein, nachdem ich von seiner Rückkehr erfahren hatte. Vielleicht wußte meine Mutter nicht, was sie nach dem Ende des Schuljahrs in den langen Sommerferien mit mir anfangen sollte. Ich würde den ganzen Sommer, von den ersten Tagen im Juni bis zum Schulbeginn Anfang Oktober, in Neapel bleiben. Der erste und vielleicht einzige Mensch, dem ich es erzählte, war Fiammetta. Als ob nur sie und sonst niemand begreifen könnte, was sich mit dem Namen jener Stadt wirklich für mich verband. Ich fand sie in der Pause im Flur und erzählte es ihr. Unberechenbar wie stets, antwortete sie sofort, dann fahre ich auch. Und sie fuhr am 5. Juni tatsächlich mit mir zu Annabella.

Wer mit dem Zug an einem sonnigen Tag am Nachmittag gegen sechs in Neapel einfährt, reagiert, vor allem im Sommer oder wenn der Sommer soeben beginnt, auf zweierlei Art: entweder mit lebhaften Klagen über die Häßlichkeit der Vorstädte, oder mit höchstem Glück. Ich empfand damals höchstes Glück. Noch nie war ich in Bagnoli gewesen. Aus dem schnell fahrenden Zug heraus erblickte ich in dem Ort nicht eines der Werke, die menschliche Bosheit und Nachlässigkeit hervorgebracht haben, sondern eine prähistorische Landschaft, wo der Genius der Natur über eine kosmische Katastrophe obsiegt hatte. Wo vulkanische Kräfte und die unwiderstehliche Macht der Erde mit ihren wunderbaren Mineralien nach der majestätischen Schwermut des Meeres nun dank der Sonne über die trostlose Maskerade der Bebauung triumphierten, die sich dem Blick unaufmerksamer und unsensibler Vernunftsmenschen darbot. Abblätternder, schmutziger Verputz von minderer Qualität, die geometrischen Wunden der Balkone, rissige und unmenschlich verdreckte Mauern, durch ewig drohende Erdbeben verwüstet – oder vollkommene Ausströmung des Lebens. Fiammetta erhob sich von ihrem Sitz, schaute hinaus mit dem gleichen Blick wie ich, und auf ihrer Stirn und der Nase erschien ein Streifen Licht.

Unangefochten regierten in Urgroßmutters Wohnung nunmehr Einsamkeit und Schweigen. Das jugendliche und verspielte Gemüt meines Vaters hatte einen Hang zur Phantasterei angenommen. Nach all den Jahren empfing mich Großmutter mit gewohnt gleichmütiger Höflichkeit, so unverändert wie die silberne Stimme und ihr durchdringendes französisches »R«. Später spielte sie wie stets Karten im Club. Niemand kam jetzt zu Besuch, wenn sie ausgegangen war, Stunde um Stunde verbrachte mein Vater am Schreibtisch, um dort zu lesen und auf der Rückseite mysteriöser Mitteilungen, die ihm regelmäßig zugingen, Notizen zu machen. Ich begriff, daß er niemanden mehr traf, außer einem merkwürdigen dicken Arzt, ein Theosoph und Anarchist, der auf der anderen Seite des Innenhofes in einem Loch ähnlich dem unseren wohnte. Am Morgen nach meiner Ankunft stand mein Vater früher auf als sonst und brachte mich gegen ein Uhr zu den Alfanos. Ob bereits vereinbart oder Eingebung des Augenblicks – es war mir klar, daß er mich in ihre Hände gab, weil er nicht imstande war oder sich nicht imstande fühlte, sich mit mir zu beschäftigen, und daß in diesem Sommer dort mein eigentliches Zuhause war. Also nahm ich Fiammetta, als sie am nächsten Tag ohne Ankündigung bei mir auftauchte, so wie ein Flüchtling nach dem anderen sucht, mit in die Via Crispi.

Es war nicht unüblich, daß ein Gast einen anderen mitbrachte, denn im Hause Alfano stand die Tür – das zweiflügelige Portal aus geschliffenem Glas neben unserer früheren Wohnung – stets offen. In ihrem Verständnis von Gastfreundschaft mischten sich, wie um unaufhörlich einen Strom zu speisen, Verschwendungslust mit Neugierde auf die Welt, Unachtsamkeit, Leichtsinn, Liebenswürdigkeit und einem leidenschaftlichen Hang zum Durcheinander.

Die Kinder der Familie Alfano waren in jenem Sommer endgültig erwachsen geworden. Die älteste Tochter war schöner denn je hinter ihren geschwungenen und beschützend langen Wimpern, doch stets übelgelaunt oder vielleicht beleidigt, wie es die ewig gebräunten Mädchen des Südens sind. Flavio war siebzehn, Glauca zur Erleichterung der Mutter endlich achtzehn geworden und vom Strudel ihrer Verliebtheiten, in die sie sich ohne Pause stürzte, nahezu unversehrt geblieben; im Hause Alfano schien man sich nur noch für Liebschaften zu interessieren. Der alte Alfano tauchte nicht mehr auf, doch er war nicht gestorben. Vielleicht hatte er anderswo in Italien noch eine – dritte? vierte? – Familie gegründet. Geld gab es genug, ja, es schien noch mehr da zu sein als früher. Von der alten kommunistischen Gesinnung der Familie war nicht mehr die Rede, wenngleich es für Glauca Ehrensache war, sich darauf zu berufen, um sich von den Jünglingen abzugrenzen, in die sie sich verliebte, und um mit ihnen zu streiten. Es waren schöne junge Männer, fast alle Faschisten, die diverse Sportarten betrieben und sich zum Sonnen auf die Felsklippen des Golfs – oder in einem Boot oder dem Bootsclub bei Posillipo, einem ihrer Treffpunkte – hinlagerten, als ob es ein heroischer Kraftakt wäre.

Die drei Geschwister Alfano waren sehr voneinander verschieden. Cetta war affektiert und graziös, Flavio schön und oberflächlich, liebenswürdig und gedankenlos, Glauca fröhlich und ironisch. Sie hatte ein drolliges, auffallendes Gesicht, runde Augen, eine vorspringende Nase und einen plumpen Körper, der so stark war wie der eines Mannes. Männer zogen sie an, wie die Schwerkraft einen über den Abhang hinabrollenden Stein anzieht. Sie war die beliebteste, intelligenteste und großzügigste der drei Geschwister. Durch die Verschiedenheit der Alfanos entstand eine lebendige Atmosphäre, die die unterschiedlichsten Menschen zusammenführte. Fiammetta und ich waren entwurzelt, wie ein Mantel hing uns das grelle Banner der sozialen und moralischen Deklassierung unserer Familien um. Die Alfanos hingegen waren nicht klassifizierbar und andere nicht in der Lage, ihnen Stand und Rang zuzuordnen. Sogar sie selbst, in der Schwebe zwischen Reichtum und stets drohendem Ruin, zwischen schlechten Manieren und dem Streben nach Anstand, zwischen Pomp und Vulgarität, wußten nicht, was sie von sich halten sollten. Und sie fragten es sich auch nicht.

In dem ständigen Kommen und Gehen, das die Wohnung in der Via Crispi stets mit Freundinnen und vor allem Freunden füllte, die in Wirklichkeit alle Glaucas Freunde waren, gab niemand darauf acht, als Fiammetta dazukam. Aber stillschweigend und unumstößlich wurde uns gegenüber sogleich das Gesetz der zweierlei Maßstäbe festgesetzt: Uns wurde beiden ein liebenswürdiger Empfang und stetige Gastfreundschaft gewährt, als wären wir zwei weitere uneheliche Kinder des Familienoberhaupts. Mir freilich wurde auch Obhut und Schutz gewährt, vielleicht nicht aus moralischen, aber aus mehr oder weniger naheliegenden gesellschaftlichen Gründen. Fiammetta hingegen sollte ihrem Schicksal überlassen bleiben.

Die Alfanos tranken oft Champagner. Am Morgen des 15. Juni trafen etliche Kisten ein. Die jungen Leute waren erregt und besorgt, als wäre es das größte Problem der Menschheit jener Zeit, einen Weg zu finden, der es erlaubte, sechzig bis hundert Flaschen gut zu kühlen. Ungefähr eine Flasche pro Gast, für das Fest am Abend.

Dieses Fest, auf dem Fiammetta und Pietro sich begegneten, war sehr gelungen. Die Gäste verteilten sich je nach Laune oder Absicht auf der großen Terrasse und in den Wohnräumen. Von hier an verschieben sich die Geschehnisse in meiner Erinnerung. Wie Splitter tauchen die Bilder in mir auf, die, je nach Betrachtung nebensächlich oder entscheidend, außer dem Herzen niemand bezeugen kann. Erinnerungssplitter, zu schamlos oder zu zensiert, Fetzen der Wahrheit, die schwer teilbar und nur deshalb im Bewußtsein sind, um zu bezeugen, daß es vollkommen reale Wahrheiten gibt, die mit niemandem geteilt werden können.

Ohne es zu bemerken, kam ich nachts immer später nach Hause, weil es bei Glauca nicht die Uhren waren, die die Zeit einteilten, sondern die Intensität des Lichts am Tage und die Intensität der Stimmung in der Nacht. Ich fand meinen Vater, wie er sich nachts über die weißen Rückseiten der Mitteilungen beugte und etwas darauf notierte. Er hatte eine sehr schöne Schrift. Lange, schlanke Buchstaben, leicht nach rechts geneigt, so wie angeblich Optimisten schreiben. An seiner Schrift interessierte mich die Form und nicht der Inhalt, denn ich hatte nicht die mindeste Vorstellung, was er niederschrieb, und ich wollte es auch nicht wissen. Seine Schrift sah noch immer aus wie die des Vaters, der meine Noten und Zeugnisse aus der französischen Schule in der Via Crispi unterschrieb und artige Briefchen für die Lehrerin abfaßte, um mein Fehlen zu entschuldigen. Sie sah auch wie die Schrift des Vaters aus, der mir mit trübsinniger Fröhlichkeit aus Paris oder London schrieb. Mehr war von diesem Vater, meinem Vater, wie ich ihn gekannt und geliebt hatte, nicht übriggeblieben.

Er empfing mich nachts mit Reden, unbekümmert um die Stunde und mein spätes Kommen und unbekümmerter noch als die Alfanos, weil die Nacht für ihn keine Unterteilung war, sondern einfach vor dem Morgengrauen kam, so wie der Anfang dem Ende vorausgeht. Sein Hauptinteresse galt damals den großen Geheimbünden, doch ich begriff von den Reden darüber nicht viel. Nicht weil sie so kompliziert gewesen wären. Ich begriff, ohne es mir erklären zu können, daß er im Grunde von etwas anderem sprach, von der wundertätigen höheren Weihe, derer es bedurft hätte, um aus diesem dunklen Erdgeschoß zu entkommen, in dem er, geschieden von seiner ehrenwerten Vergangenheit, die nun schon weit zurücklag, ohne jeden Bezug zur Außenwelt lebte. Darin verstand ich ihn gut. Auch ich begriff, seitdem ich in Rom lebte, nicht mehr, in welcher Welt und welcher Zeit ich lebte. Einmal, ich weiß nicht warum, hatte ich meine Mutter gefragt, was in Ungarn geschehen sei. Ihre Stimme war damals stets brüchig. Doch bei der Antwort gewann sie barsch und gebieterisch den Zauber der neapolitanischen Jahre und die einstige Zuversicht zurück: Die Sowjets mußten die Kräfte der Konterrevolution niederschlagen, sagte sie. Als wären es ausgerechnet die Kräfte der Konterrevolution gewesen, die in unserem erstarrten, enteigneten und elenden Leben in Rom überwogen hätten, da die Revolution vielleicht das Begehren ist, die Unordnung möge die Ordnung neu ordnen, indem sie ihr neues Leben aufprägt, denn das Begehren, die Unordnung und das Leben sind alles eins.

In dem Abschnitt zwischen der Via Crispi und Posillipo, den ich kannte und wo die jungen Alfanos mit mir und Fiammetta fast täglich unterwegs waren, hatte mich Neapel, als ich es wiedersah, an Kolonialstädte erinnert, wie ich sie im Kino gesehen hatte. Orte, beseligt vom Glück der Distanz, da das Mutterland von ihnen getrennt ist. Die jungen Männer, die wir bei Glauca oder im Club oder auf den Segelbooten trafen und die uns nach Cinito fuhren, glaubten, die Vergangenheit heraufzubeschwören, wenn sie sich als Faschisten oder Monarchisten ausgaben, und das taten fast alle. Aber sie taten es mit demselben Gestus, mit dem sie prahlten, in der Nacht zuvor mit einem Mädchen geschlafen zu haben. Diese Oberflächlichkeit war nur eine Folge der Vulgarität, mit der sie kokett ihre Eitelkeit schmückten. Wenn sie erklärten, daß sie Faschisten oder Monarchisten seien, lachten sie ebenso anzüglich, wie sie auch halblaut lachten – und mit einem obszönen Wort in die Freizügigkeit des Dialekts hinüberglitten –, wenn sie über Sexualität redeten. Wenn sie allerdings zum Verführen den Dialekt benutzten, und im allgemeinen war es so, gingen sie damit nicht fehl. Denn über die Wortbedeutung hinaus bewirkte der jähe Übergang von einer öffentlichen zur privaten Sprache, die der Dialekt immer ist, einen Schauder, eine Komplizenschaft, einen kleinen Schwindel der Lust, der die Sinne anstachelte und sich ins Herz eingrub.

Aus der Stimme meines Vaters war jede Andeutung von Dialekt verschwunden, wie auch die französischen Wendungen verschwunden waren. Auch sie ein Luxus, den er sich nicht mehr erlauben konnte, Spuren einer anderen Epoche, an die keinesfalls mehr erinnert werden sollte. Deswegen klang seine Stimme nachts tonlos, und ich wartete eher duldsam als ungeduldig den passenden Moment ab, um schlafen gehen zu können. Schließlich war ich erst vierzehn, und um drei Uhr morgens wollte ich schlafen. Beim Einschlafen verschwamm die Stimme, die es nicht mehr gab, seine Stimme aus der Zeit, als ich ein kleines Mädchen war, mit den Stimmen der jungen Berufsverführer, die in der Wohnung in der Via Crispi die weibliche Beute umkreisten.

Doch an manchen Abenden nahmen wir seinen altersschwachen Fiat, der nur von Zeit zu Zeit mit Benzin gespeist wurde, und ich und er, wir fuhren des Nachts durch die Stadt, die Strecke, die mir die liebste war. Von der Via Caracciolo und über die Piazza della Vittoria bis nach Mergellina und dann hinauf auf den Hügel von Posillipo, zu einem offenen Platz mit dem Eukalyptus-Baum, wo ich ein oder zwei duftende Beeren auflas. Solche Fahrten fanden statt, wenn mich Glauca, seltsam genug, einmal nicht bestellt hatte und mein Vater und ich keine Lust auf einen gemeinsamen Abend zu Hause hatten. Posillipo, dunkel und von kleinen Lichtern übersät, sah einem Feenfriedhof gleich. Ich bat meinen Vater unterwegs, er möge singen. Seine Abneigung gegenüber dem Dialekt mußte sehr groß sein, denn er sang, mit leichtem Widerstreben in der Stimme und mehr zu meinem als zu seinem Vergnügen, aber nicht die alten neapolitanischen Lieder von einst. Das Gefühl, das ich schon als Kind gehabt hatte, bestätigte sich: Für ihn und meine Familie war der Dialekt eine Art Belohnung, ein stimmlicher Luxus, den der verlorengegangene Zauber des Lebens nicht mehr gewährte. Als hätte er nie etwas anderes getan, sang er an diesem Abend alte südamerikanische Lieder, um selbst im engen Herrschaftskreis seiner Stimme endgültig außer Landes zu gehen. Ich erinnere mich nur noch an den Refrain von *Cielito lindo* – »canta y no llores«, singe und weine nicht. Aber welche Tränen wären je unsere gewesen?

Am Abend nach Glaucas Fest holte ich Fiammetta von zu Hause ab. Die Tante wohnte jetzt im ersten Stock eines Hauses mitten im Bezirk Sirignano. Es war einfach, dorthin zu gelangen, indem ich, ohne zur Riviera di Chiaia hinunterzugehen, in der Via Martucci durch einige Innenhöfe ging, in denen seltsamerweise Hühner pickten. Ich weiß nicht, wie die alte Wohnung in der Via dei Mille gewesen war. Die neue jedenfalls war nicht sehr hell, mit schweren Möbeln aus dunklem Holz. Annabella erschien um acht, ausgehbereit. Sie wirkte nicht viel anders als damals, als ich sie in dem Milchladen gesehen hatte. Nur im Gesicht war sie etwas rosiger, als ob die Sommersonne auf ihrer Haut die Wirkung von Puder hatte. Annabella ging nicht sofort, sondern blieb noch bei uns, in einem Salon, der wie ein unordentliches Trödellager aussah. Sie setzte sich auf die Lehne des Sessels, in dem Fiammetta kauerte, die es kaum erwarten konnte auszugehen. Annabella blickte sie mit der staunenden Zärtlichkeit an, mit der man ein junges Tier betrachtet, und lächelte, die Augen auf das dichte schwarze Haar gerichtet. Sie streichelte es zärtlich, legte es sich über die Handfläche, um es dann wieder über die Schultern zurückfallen zu lassen. Nach einer Weile tätschelte sie ihre Wange und küßte sie auf die Stirn. Und dann, während Fiammetta sich nicht rührte, verschwand Annabella, als hätte sie sich entmaterialisiert, statt zur Tür hinauszugehen. Wie damals, als Fiammetta noch ein Kind war, kehrte sie in manchen Nächten nicht nach Hause zurück. Aber die alte neapolitanische Kinderfrau gab es nicht mehr.

Fünf oder sechs Tage später warteten Glauca und ich an unserem Badetreffpunkt am Fuße von Posillipo auf Cetta und Fiammetta, die noch in den Umkleidekabinen waren. Wir saßen mit den Füßen baumelnd auf der Treppe zum Ausgang, als ein junger Mann vorbeikam, den ich schon mal gesehen hatte, ein bleicher Jüngling mit braunem Haar. Er hieß Vincenzo, war schön und traurig und kam, anders als der Rest der Gruppe, seinen Verführerpflichten mit dem Ernst und der Zurückhaltung eines Diplomaten auf delikater Mission nach. Kaum hatte er gehört, daß wir auch auf Fiammetta warteten, sagte er zu Glauca: Die arme Annabella hat mich vorige Nacht angerufen und gefragt, ob sie mit mir schlafen könne. Sie erträgt die Einsamkeit nicht mehr... Vieldeutig ließ er den Satz in der Schwebe. Aber Glauca antwortete nichts. Ich glaube, weil sie Annabellas unerschütterliche Treue der Gefühle und ihren Hang zur Ehre der Trauer verstand.

Uns – Cetta, Flavio, mir und sogar der zerstreuten Fiammetta – wurde recht schnell klar, daß der Geldstrom, den Glaucas Fest verschlungen hatte, nicht umsonst geflossen war. Wenigstens nicht von Glaucas Standpunkt aus, denn sie hatte ein eindeutiges Ziel damit verfolgt, das mit gesellschaftlichem Ehrgeiz nichts zu tun hatte. Das Ziel hieß Gino, Sohn eines Straßenbahners, der dank seiner Fähigkeiten als Ruderer unter die jungen Männer unseres Kreises geraten war. Auch Gino bezeichnete sich als Faschist. Diese Gesinnung, grob wie jeder Aspekt seiner einnehmenden, schlanken, gleichwohl vom Elend schon leicht aufgedunsenen Gestalt, war am Anfang nicht nur eine selbstgefällige Pose. Sie wurde es erst, als er bemerkte, daß sie ihm, zusätzlich zum Aussehen, dem Rudern und dem Erfolg bei Frauen, bei seinem armseligen sozialen Aufstieg im Schwimmbad weitere Chancen verschaffte. Eigensinnig hatte sich Glauca in ihn verliebt. Das Fest gab ihr die Chance, sich zu erklären. Gino, ein wenig verblüfft, zog sich nicht zurück. Glauca kannte keinerlei weibliche Koketterie und wollte auch nichts davon wissen, von diesem Spiel der Hingabe und Verweigerung oder der Verweigerung und Hingabe nach den Regeln jenes damals noch recht präzisen Rituals, mit dem junge Mädchen sich den Männern zuwandten. Glauca mit ihrem robusten, unschönen und leidenschaftlichen Frauenkörper benahm sich wie ein Straßenjunge. Bedenkenlos nutzte sie den Wohlstand aus, den ihre Familie genoß, um Gino anzulocken, ihren neuen Flirt, der sich ebenso bedenkenlos von diesem Wohlstand betören ließ. Eine Woche nach dem Fest organisierte sie eine kleine Abendgesellschaft bei sich zu Hause.

Wie meine Großmutter, verließ auch Frau Alfano regelmäßig jeden Abend gegen acht das Haus, um in ihren Club zu gehen. Sie verabschiedete sich unter strengsten Ermahnungen, die wie Flüche oder Prophezeiungen klangen, denn sie war gleichzeitig ärgerlich und besorgt. Ärgerlich über das Erscheinen des Straßenbahnersohns, besorgt über die Liebschaften Cettas, die nicht nur quälend und in der

Regel unglücklich waren, sondern auch besonders verwerflich. Im Augenblick wechselte sie zwischen dem Besitzer einer Kinokette, der Frauen und Schulden anhäufte, und einem sonderbaren Deutschen, der am Anfang von Posillipo wohnte. Man munkelte, er sei Nazioffizier gewesen – ich habe ihn einige Male gesehen, und wer immer er in Wirklichkeit war, er spielte seinen geheimnisumwitterten düsteren Part mit Bedacht. Er neigte zum Alkohol und war höflich im Umgang, aber sehr gewalttätig, wenn er trank. Sogar ich mußte Glauca bei einem Abendessen im Kerzenschein helfen, ihn von Cetta fortzuschaffen, die er mit Ohrfeigen traktierte. Im übrigen war es für mich bei allem, was ich hörte und sah, nicht leicht, das Echte vom Falschen zu unterscheiden. Solch ein Schauspiel war dieser Sommer, daß ich zu zweifeln begann, ob echt und falsch überhaupt plausible Kategorien seien.

Ich wußte nichts von der Abendgesellschaft, zu der Glauca eine Woche nach dem Fest eingeladen hatte. Die unaufmerksame Fiammetta hingegen war bestens informiert. Gegen neun Uhr kamen Gino und Franz, Glaucas Herzensfreund, ihr Vertrauter und ihr Spiegel. Wir nannten ihn die Sirene, weil er makellos schön und von seinem eigenem Reiz fasziniert war. Er hatte kastanienbraunes, gewelltes Haar, gebleicht von Sonne und Meer, leuchtend blaue Augen, einen vom Salz leicht rauhen Mund in der Farbe des Sonnenuntergangs und unter der blauleinenen Jacke ein Hemd im Farbton seiner Augen. Als es läutete, kauerte sich Fiammetta in einen Sessel, stemmte die Knie gegen die Lehne, ließ den Kopf hängen und zog sich den Vorhang ihres schwarzglänzenden Haars mit der Hand halb vors Gesicht. Für die beiden jungen Männer hatte sie nicht einmal einen Gruß, unverwandt behielt sie die Salontür im Auge. Nach einer Weile stand sie auf, strich die wassergrüne Tunika glatt, in der sie – sie schon – wie eine Sirene aussah, und verschwand im Flur. Um halb zehn ging die Klingel erneut, und Pietro kam herein. Er war nicht schön und sportlich wie die anderen Jungen und gehörte eigentlich nicht zu unserem Kreis. Seine Bewegungen waren träge und langsam, auch zog er sich anders an. Pietro war adlig, aus alter, angesehener Familie, die, obwohl inzwischen fast mittellos, nicht durch den allgemeinen Ruin gefährdet war. Seinen Anzügen, wohl für seinesgleichen nach einer unvergänglichen Mode angefertigt und nicht dem schlechten Geschmack einer Saison unterworfen, sah man die teuren Schneider an. Jacketts, die nicht eng auf den Hüften saßen, weiche, sehr lange Hosen. Das Jackett trug er, als ich ihn im Flur erspähte, an einem Finger über der Schulter. Seinen nicht sehr großen Körper bog er ein wenig zur Seite, als wäre es anstrengend, das Gleichgewicht zu halten. In der Hand trug er einen blühenden Jasminzweig, der seinen Duft im Halbdunkel verströmte und den sich Fiammetta sofort ins Haar steckte. Wie durch Zauberei war sie auf einmal wieder erschienen, den Mund tief scharlachrot geschminkt.

In Glaucas Wohnung gab es einen Raum, der sich von

den anderen unterschied, das sogenannte Studierzimmer ihres Vaters – ein Widerspruch in sich, denn in diesem Haus studierte nie jemand, und der Vater schon gar nicht. Die Wände waren mit Regalen zugestellt, deren dunkle Buchrücken das Licht der beiden Lampen verschluckten. Zwei Sessel waren mit dunkelgrünem Stoff bezogen, und dunkelgrün waren die schweren Samtvorhänge vor den Fenstern, die nicht oft geöffnet wurden, auch im Sommer nicht. Es gab wenig Licht und wenig Luft, es war warm und still, und es herrschte erregende Dunkelheit. Fiammetta verschwand mit Pietro häufig hinter diesen Vorhängen. Aber zuvor, während Franz' rauher Mund mit gekonnter und behutsamer Technik über meine Haut glitt und von den Lippen über die Wangen zur Intimität meiner Ohren vordrang, hatte ich noch gesehen, wie sie zu tanzen begannen. Glauca hatte neben das eigens für diesen Abend ins Arbeitszimmer gestellte Grammophon ordentlich gestapelte Singles bereitgelegt. Doch diesmal war kein einziger Cha-Cha-Cha darunter. Es waren nur Lieder, zu denen man langsam tanzen mußte, auch wenn sie an bestimmten Stellen zur Bewegung einluden wie der langgezogene Seufzer von *Oh Carol!*

Die zärtliche Gymnastik der langsamen Tänze hatte ganz eigene Regeln, um die Ecken und Kanten der Körper abzuschleifen. Sie verhalf besonders den Mädchen zu einem nicht zu plötzlichen, partiellen Wissen über den Körper des anderen Geschlechts. Denn sie war sanft und diente der Lust einer Bewegung zu zweit, die Berührungen und Atem langsam zur Übereinstimmung brachte; manchmal glichen diese Tänze freilich auch militärischen Eroberungsfeldzügen. Als die Musik begann, verschmolz Fiammettas grünschwarze Silhouette mit dem Blau von Pietros Hemd, seine Arme schüttelten wie durch einen Zauber ihre elegante Trägheit ab und legten sich um ihren Hals. Sie begannen einander zu küssen, und Pietro schloß seine Augen, die so dunkel waren, daß die Iris in der Pupille verschwamm. Ein paar Lieder später waren sie hinter dem drapierten Samt des Vorhangs verschwunden.

Währenddessen modulierte ein Chor amerikanischer Engel ein langes schmerzliches *Ohohoh* ... und gleich darauf schluchzte ein Solosänger mit nasaler Stimme wieder *Oh Carol!* – wie ein Refrain kehrte das Lied in jener Nacht nach jedem fünften oder sechsten langsamen Tanz wieder. Pietro und Fiammetta tauchten wieder vor dem grünen Vorhang auf. Ich hatte mich zu Beginn des Abends – eher neugierig als schüchtern – in die Obhut der Arme von Franz begeben. Glauca hatte ihn, mit zielsicheren und handfesten Argumenten, zu meinem Kavalier bestimmt. Denn erstens war Franz ihr Freund und hätte sich ihren Anweisungen niemals widersetzt. Da Franz unter den jungen Männern der Gruppe der schönste und selbstgefälligste war, fehlte ihm zweitens die überhastete sinnliche und sexuelle Gier der anderen. Stundenlang mit einer schläfrigen Jungfrau im Halbdunkel einer unangemessenen Räumlichkeit zu tanzen galt Franz als ein Vergnügen, das einer Nacht mit eifrig um ihn bemühten, freizügigen Damen ebenbürtig war. Er war oberflächlich, gefühlvoll und galant, und das gefiel mir. Ich betrachtete diesen unverhofften Sommer nicht als den Beginn meiner Jugend. Ich hielt ihn nicht einmal für das Präludium dazu. Das einzige Gefühl, das ich bei der Rückkehr nach Neapel empfunden hatte, war die Lust, etwas von dem aufzuspüren, was ich bei der Abreise im Herbst 56 verloren hatte. Doch von all dem, was ich zurückgelassen hatte, hatte ich nichts wiedergefunden. Nichts schien mehr wie früher zu sein. Nichts, außer etwas zeitlos Unpersönlichem und für mich dennoch außerordentlich Privatem – dem Licht dieser Stadt. Dem hellen, blauen und bernsteinfarbenen Licht des Himmels und des Meeres, das so anders war als das brennende Rot oder das dunstige Rosa, das in meinen Augen den Himmel Roms und die gesamte Stadt beschrieb. Das endlose Himmelblau war das, was ich von allem, das ich verloren hatte, wiederfand. Es war zugleich nichts und etwas, Gegenwart und Vergangenheit zugleich, und deshalb gab es mir auf immer die Sehnsucht nach einem Leben mit, das dem Schmerz verwandt war. Dennoch hätten die artigen und wohlbedachten Küsse, mit denen Franz meinen Hals und die Ohren bedeckte, meine Neugier wachhalten können. Doch sowie Pietro und Fiammetta hinter dem Vorgang verschwunden waren, also fast sofort, interessierten sie mich nicht mehr.

Als sie wieder auftauchten, wirkte Fiammettas grüne Tunika zerknittert und leicht verschmutzt. Ihr nachgiebiger Körper klebte an Pietros Leib, als wäre er eines seiner

Hemden von exzellentem Schnitt. Sie fingen sogleich wieder an zu tanzen und küßten sich dabei. Endlose, atemlose und schamlose Küsse, Küsse eines einzigen zweiköpfigen Leibes, der verzweifelt sich selbst umarmt.

Um drei Uhr nachts brachte uns Gino nacheinander auf seiner *Gilera* nach Hause.

Am folgenden Tag war ich zur Mittagsstunde bereit, um mich wie üblich auf den Weg zum Meer zu machen; zuerst zu Glauca in die Via Crispi und dann unbeschwert hinunter nach Posillipo. Meistens war Fiammetta früher fertig als ich, aber sie kam nicht. In der Wohnung der toten Urgroßmutter herrschten um diese Stunde Trägheit, Stille und Hitze. Um halb eins rief ich Fiammetta an, und sie sagte mir mit scheuer, heiserer Stimme, ich solle schon gehen und nicht auf sie warten. Warum? Ich erwarte einen Telephonanruf, sagte sie und legte auf.

Als Fiammetta am nächsten Tag wieder auftauchte, wurde mir klar, daß der Telephonanruf nicht gekommen war. Er kam auch in den folgenden Tagen nicht. Fiammetta, im allgemeinen schon wenig gesprächig, war vollkommen verstummt. Wenn ich sie etwas fragte, wich sie der Antwort aus, ohne eine Erklärung dafür zu geben. Sie suchte unsere Nähe, blieb aber stolz, zurückhaltend und vollständig abwesend. Seltsamerweise schien sie nicht enttäuscht oder bedrückt zu sein, vielmehr war sie mit außerordentlicher Energie auf sich selbst konzentriert, als benötigte sie nichts und niemanden. Sie wirkte auch nicht traurig, obwohl sie weniger lächelte als sonst. Sie folgte uns wie ein Schatten, wie ein unabhängiger und wunderlicher Schatten, der urplötzlich auf geheimen eigenen Wegen entschwand. Mir wurde langsam bewußt, daß auch für sie und für die anderen der Lauf der Zeit in jenen Ferien nicht mehr dem Schlag der Uhr und auch nicht dem Rhythmus von Tag und Nacht folgte. Nur, daß ihr persönlicher Zeitmesser auch nicht dem Rhythmus der Stimmungen und Gefühle und den Veränderungen des Lichtes folgte. Er folgte nämlich gar keinem Rhythmus. Es gab die Zeit nicht, es gab sie nicht, basta. Sie war der bewegungslose Augenblick, die unendliche Gegenwart des Wartens. Pure Energie des Verlangens, das den Raum, das Alltägliche und die Gegenwart der anderen auslöschte, auch meine. Dann, eines Tages, rief Pietro endlich an.

Die gesamte nach innen gekehrte Energie verwandelte sich in frenetische Lebendigkeit, die sich über die Welt und insbesondere über mich ergoß. Sie sagte, Pietro habe sie eingeladen, mit ihm auszugehen. Ich sollte dabeisein, denn er wollte einen Freund mitbringen. Wir würden zu Abend essen, spazierengehen und tanzen. Ich sollte es niemandem sagen und mich bereithalten. Daraufhin stellte sich uns beiden, allerdings auf verschiedene Weise, in höchster Erregung und Verwirrung die Frage, was wir anziehen sollten. Ich pflegte nonnenhafte Kleider zu tragen, die mir meine Mutter aufzwang und oft von der Tochter ihrer Cousine stammten; sachliche Gewänder, die nicht zu meiner Magerkeit paßten. Fiammetta hingegen besaß Kleidchen im

Stil einer jungen Dame aus gutem Hause, die der konformistischen, ein wenig überspannten und grausamen Phantasie ihrer Großmutter entsprungen waren. Unansehnliche Uniformen der Erniedrigung, die Fiammettas dunklem und gerundetem sanftem Körper unangemessen waren. Beide hatten wir uns – wie Puppen – Glauca und der Magie ihres riesigen, unordentlichen Kleiderschranks anvertraut, und Glauca ging mit uns um wie mit Puppen. Sie kleidete uns in deutlich verschiedenen Stilen ein. Für mich lag ein großer bunter Haufen von Hemdchen, Blusen und Hosen bereit, aus Seide oder Baumwolle, und alle waren vage androgyn. Für Fiammetta suchte sie eine kleine, aber sorgfältige Auswahl von Kleidern im Stil einer Bardame zusammen, die wohl nur ein einziges Mal an Glaucas männlichem Körper zu sehen gewesen waren, ein kurzer Augenblick, in dem der Wunschtraum die Lächerlichkeit besiegt hatte. Mir waren Glaucas Hosen und Hemdchen in der Regel etwas zu weit. Bei Fiammetta saßen die Kleider um Brust und Hüften etwas zu knapp. Sie verliehen ihr tatsächlich den Flair einer Bardame. An dem Abend, an dem wir mit Pietro und seinem Freund auf der Via Domiziana flanierten, trug sie ein auf beiden Seiten geschlitztes, rotseidenes Gewand in orientalischem Stil. Es rutschte weit über die Oberschenkel hinauf, als sie zu Pietro in den *go-kart* schlüpfte. Sie hatten uns in ein Tanzlokal geführt, das voll grüner und rosaroter Lämpchen und voller Menschen, Getränke und Musik war. Nebenan war die Piste, auf der jene kleinen Wagen herumfuhren, die damals in

Mode waren. Fiammetta und Pietro kamen von der Piste ab und verschwanden irgendwo in der Nacht. Ich, stumm und starr wie ein Stein, verbrachte den ganzen Abend in vollständigem Schweigen in einer Hollywood-Schaukel, die ich mit Pietros Freund teilte. Beide betrachteten wir das leere Dunkel des vor uns liegenden Gartens.

In Wirklichkeit hatte ich Pietro ganz in der Nähe meiner Wohnung schon gesehen, bevor er sich bei Fiammetta wieder meldete. Er stand am späten Nachmittag vor einem eleganten Café, in der Hand ein Glas, und neigte sich zu einer jungen Frau hinunter, deren langes blondes Haar wie eine glänzende Folie auf ihrer Schulter lag. Sie saß am Steuer eines dunkelgrünen MG–Cabrio. Pietro plauderte und lächelte und bewegte das Glas über der blonden Folie hin und her. Sie lachte, ein ungeniertes, kannibalisches Lachen, vielleicht zufrieden mit dem, was Pietro zu ihr sagte, aber in meinen Ohren auf jeden Fall sehr zufrieden mit sich selber. Ich hatte Fiammetta nichts davon berichtet – ich hätte es ihr auch gar nicht sagen können, weil sie in diesen zeitlosen Tagen nicht nur stumm, sondern auch taub zu sein schien. Aber ich hatte Glauca davon erzählt.

Glauca schätzte weder Pietro noch Fiammettas Interesse an ihm, auch wenn sie ihn, ihr zu Gefallen, mit gewohnt gedankenloser und vertrauensseliger Unbekümmertheit zu dem Fest im Arbeitszimmer ihres Vaters eingeladen hatte. Glauca fiel es nicht leicht, Mißbilligung zu äußern, denn sie urteilte nicht gern über Sehnsüchte, im Gegensatz zu ihrer Schwester, die unentwegt Moralsprüche von sich gab, die sie unentwegt widerrief. Das Verlangen der Liebe, glaubte Glauca, konnte verheerend sein. Gleichwohl war es kostbar und stets zu respektieren. Pietro selbst gefiel ihr nicht, obgleich sein Snobismus sie zum Lachen brachte. In Glaucas Augen war Pietro ein Sünder, denn er liebte nicht und kannte keine Gefühle, nicht, weil er seicht, oberflächlich und eitel war wie ihre anderen Freunde, sondern zynisch, berechnend und egoistisch. Sie haspelte diese summarischen Reden über das Schlechte und Gute in Männern und Frauen und deren Beziehungen schnell herunter, blieb aber merkwürdig allgemein dabei. Ich wußte nicht, was ich dazu sagen sollte. Nicht nur, weil ich vollständig unerfahren war, sondern weil mich Fiammetta in den magischen Bann, der über ihr lag, einbezogen hatte. Ich hätte sie gern beschützt. Aber ich wollte sie weder verlassen noch verraten.

Glauca, die für alle rasch einen Spitznamen fand, damit der heitere Aspekt des Lebens sogar beim förmlichen Nennen des Namens nicht verlorenging, nannte mich seit einiger Zeit »die Fremde«, was nichts mit der Stadt, aus der ich kam, zu tun hatte, sondern weil ich die Gesichter und Reden der Menschen meiner Umgebung mit der entsetzten Neugier dessen betrachtete und anhörte, der eine Sprache nicht versteht. Bald nannten mich alle »die Fremde«, auch Pietro, der doch darauf hielt, zu der Gruppe und ihrem Jargon deutlichen Abstand zu wahren. Sie neckten mich auf durchaus liebevolle Art, sie ist eben sehr jung und ein wenig langsam, sagten sie. Aber mir tat dieser Spitzname weh, denn er besagte in Wirklichkeit nur, daß ich in dieser Stadt endgültig zu dem geworden war, was ich tatsächlich war. Auch deshalb begann ich in diesem Sommer, das Schweigen dem Reden vorzuziehen. Von den Stimmen und Wörtern, die ich verloren hatte, war nur ein unscharfer, verzerrter Nachhall geblieben, in dem der Klang nicht Fülle bedeutete und das Schweigen Leere, sondern häufig das Gegenteil. Aufgrund ihres Schweigens voller Lebendigkeit schloß ich mich Fiammetta, die mehr aus Blicken und Seufzern denn aus Wörtern bestand, immer enger an.

Sie sprach zwar wieder mit mir, aber nur mit mir. Obwohl sie ganz auf die Energie der Sehnsucht konzentriert war, schmerzte sie die Zeit zwischen dem einen und dem anderen Anruf von Pietro wie ein Druck auf die Rippen oder etwas, das den Atem blockiert. Sie wagte nicht, ihn anzurufen, es wäre überdies sinnlos gewesen; entweder schlief er, oder er ging aus. Manchmal schien es mir, als habe sie von einem Anruf zum nächsten zu atmen aufgehört. Sie redete nicht mit mir, um etwas zu sagen, sondern nur, um seinen Namen aussprechen zu können. Sobald ich versuchte, ihr etwas von dem zu sagen, was Glauca über Pietro dachte, gab sie keine Antwort, ja, es war so, als ob die Wörter an ihren Schädelwänden abprallten, während ihre Augen starr und rund wurden.

Zu Annabella hingegen sagte sie nie ein Wort, und Annabella wagte es nicht, sie anzusprechen, nicht einmal wegen belangloser und abstruser Dinge, wie mein Vater es mit mir tat. Weder Annabella noch mein Vater waren Erwachsene, die sich hätten herausnehmen dürfen, mit uns Jüngeren zu reden, so wie verwundete Tiere den Nachkommen in der Herde nichts beibringen können. Annabella und mein Vater konnten uns nicht schützen: Fiammetta nicht vor ihrem Körper und mich nicht vor meinen Gedanken. Ich verübelte es meinem Vater wohl nicht, obschon ich spürte, wie sich in mir von Tag zu Tag mehr dumpfer Widerwillen gegen ihn regte. Fiammetta hingegen schien, auch wenn sie nichts dergleichen sagte, Annabella gegenüber feindselig und jedem Gefühl verschlossen zu sein, obwohl sie diesen Sommer zu ihr hatte zurückkehren wollen. Ich weiß also nicht, ob Annabella begriffen hatte, was mit Fiammetta geschah, und imstande war, ihre Nichte wirklich wahrzunehmen, mit ihren Augen von intensivstem Blau, die so wie Fiammettas dunkle Augen ständig fest auf eine Szenerie gerichtet waren, die die anderen nicht sahen.

Eines Abends aber ahnte ich etwas von dem, worauf Annabellas abwesender Blick sich richtete. Glauca hatte mit Gino gestritten, was, halb im Ernst, halb im Spaß, ziemlich oft vorkam, und mich darum gebeten, den Abend mit ihr zu verbringen und in der Wohnung in der Via Crispi zu übernachten. Doch dann hatte sie, wie es ihre Gewohnheit war, dem Telephon nicht widerstanden und, wen immer sie vorfand, in diesem Fall Franz und den ernsten Vincenzo, aufgefordert, uns Gesellschaft zu leisten. Unter dem dunkelsten aller Sommerhimmel hatten wir es uns auf der Terrasse mit Whisky und Coca-Cola bequem gemacht. Da sich in jener Nacht nicht der leiseste Windhauch regte, ersetzte eine lange, eintönige Litanei von Worten den Schlaf, den wir in unseren Betten nicht hätten finden können. Wir sprachen, natürlich, über Männer und Frauen und über die reizvollen oder traurigen Verschlingungen ihrer Liebeleien. Die elegant geschwungenen Wangenknochen von Vincenzo, der seiner Haut niemals einen Sonnenstrahl zugestand, schimmerten bleich durch die Dunkelheit, und seine Stimme holte eine Geschichte aus den Tiefen der Erinnerung hervor, die so dunkel waren wie die Nacht um uns. Die Geschichte betraf Annabella, oder besser: Es war Annabellas Geschichte, ihre Legende. Einst war sie Teil ihres Zaubers gewesen, jetzt interessierte sie vielleicht nur noch mich.

In Mailand, dort lebte sie mit ihrer Mutter und den Schwestern, hatte sich Annabella zu Beginn des Krieges mit Federico verlobt. Sie war damals achtzehn Jahre alt gewesen. Federico besuchte sie im Haus ihrer Familie an einem See im Norden und brachte ihr Geschenke. Er war ein sehr gut aussehender, eleganter und galanter Mann. Eines Tages fuhr er mit ihr während eines Urlaubs bis nach Neapel. Dort stiegen sie in einem großen Hotel in Santa Lucia ab, und zum Zeichen seiner Liebe schenkte er ihr eine Perlenkette und versuchte nicht, sie zu verführen: sie wollten ja bald heiraten. Annabella sollte sich jene Nacht, in der ihre Körper einander fern geblieben waren, in getrennten Hotelzimmern in Seide und Samt gehüllt wie in einem luxuriösen Grab, später niemals mehr verzeihen. Federico meldete sich Ende 43 freiwillig bei der Garde von Saló, wie es hieß, um Geschäfte zu machen, nicht so sehr aus Überzeugung. Zu jenem Zeitpunkt betrat Angela die Szene, die jüngere der beiden Schwestern. Sie wurde sofort Federicos Geliebte. In den Wirren des Krieges gelang es ihr, das Verhältnis vor Annabella zu verbergen. Dann, nach der Befreiung, brannten Federico und Angela nach Afrika durch, und kurz darauf wurde Fiammetta geboren. Nach beider Flucht – Vincenzos Bericht, obschon nicht ohne anklagenden Unterton, faßte sich knapp – nahm sich Annabella ihren ersten Liebhaber, der gewöhnlichste all derer, die sich angeboten hatten, aber der einzige, der bereit war, sie auf Dauer aus dem Haus ihrer Familie fortzuführen. Und zugleich so dreist war, ihr umstandslos die Perspektive eines entwürdigenden Lebens anzubieten. Ein reicher Neapolitaner, der sie in einer modernen, rechteckigen, vulgären Villa unterbrachte, die erst kurz zuvor auf Posillipo erbaut worden war. Angeblich pflegte sie ihn stets nachts auf der Terrasse über dem Meer zu erwarten, angetan mit einer langen hellblauen Tunika und ihrer Perlenkette. Wem immer es in der Nacht vom Meer aus gelungen wäre, die Dunkelheit mit Hilfe der Sterne oder des Mondes oder durch deren leuchtenden Widerschein im Wasser zu erhellen, er hätte gesehen, wie sich beider Leiber bis zum Anbruch des Morgengrauens in schamlosen Stellungen umschlangen.

Manchmal meinte ich das Schwimmbad von Posillipo mehr zu lieben als das Meer: zwischen zwei und drei Uhr, in der schläfrigen Ruhe des Mittags, erstarrte das Azurblau der rechteckigen Oberfläche zu Stein und wurde ein Teich aus einem verzauberten Saphir, in dem jeder Schmerz und jeder Gedanke geräuschlos versanken. Der Kellner zog zwischen den Liegestühlen flink seine Kreise und servierte kleine heiße Pasteten oder frische Säfte, die wir träge genossen. In einem solchen Augenblick an einem Tag Ende Juli erschien Pietro. Er setzte gewöhnlich keinen Fuß an jenen Ort, der so nah an seinem alten Palast am Meer lag. Ob aus Snobismus oder vielleicht auch aus Stolz oder Scheu, weiß ich nicht. Denn in der Badehose, in der ich ihn erstmals sah, nahm sich seine Figur, die kompakt und glatt, aber weder hochgewachsen noch muskulös war, im Vergleich zu den breiten, wie Schutzschilde glänzenden Oberkörpern und den durchtrainierten Gliedern von Glaucas Freunden weniger gut aus. Wie auch immer, an jenem Tag kam er unerwartet (obwohl Fiammetta in Wirklichkeit immer auf ihn wartete) auf einem Segelboot in den Club und lud meine Freundin und mich zu einem Bad weit draußen ein, jenseits der Villen und Felsklippen von Posillipo. Ich war überrascht. Pietros helle Haut war von der Sonne kaum gebräunt, und er hatte uns oft gesagt, er liebe die Nacht und nicht den Tag – vor eins stand er, im Schlaf behütet von einer alten Kinderfrau, die ihn aufgezogen hatte, selten auf. Vielleicht will er Fiammetta einmal bei Tage sehen, dachte ich, in ihrem Bikini mit den blauen

Blümchen, den alle bewunderten, vor allem die aufdringlichen alten Kenner, die Abschätzer von Frauenfleisch, die in Scharen um sie kreisten. Vielleicht will er die Farbe ihrer Haut in der Sonne sehen. Vielleicht hat er sich einfach ein einziges Mal nach ihr gesehnt.

Das Boot neigte sich immer stärker zur Seite, fast streifte das blendendweiße Segel das Wasser, doch wenn wir uns fest gegen das warme Holz der Bugplanken stemmten, bestand keine Gefahr, ins Meer zu fallen. Fiammetta lag auf dem Bauch, Kopf und Haar fast auf gleicher Ebene mit dem Wasser, den Blick auf den schimmernden Schaum gerichtet. Pietro unterhielt sich mit dem untersetzten alten Seemann, der am Steuer stand. Wir waren schon über Kap Posillipo – blau und tuffsteingelb – hinaus. Fiammetta drehte sich um und setzte sich auf; mühsam das Gleichgewicht haltend und von der Sonne benommen, blickte sie zu Pietro hin. Mich plagte ein heftiger Anfall von Seekrankheit. Wenn das Boot bei starkem Wind rasch dahinfuhr, litt ich nicht sehr; der träge, ruhige und widerwillige Wind dieses Nachmittags jedoch machte mich krank. Ich zog mich hoch, um zu fragen, ob wir nicht in irgendeiner Bucht halten könnten.

Das blendendhelle Licht, das das Segel zurückwarf, traf meine Augen, und verschwommen nahm ich etwas an Fiammettas Körper wahr, etwas dichtes, dunkles in Leistenhöhe. Das Bikinihöschen klemmte zwischen den Schenkeln und hatte an der linken Leiste ein Büschel schwarzglänzender Haare bloßgelegt. Ich wollte Fiammetta darauf aufmerksam machen, sie wie vor einem kommenden Unheil warnen, damit sie sich schütze, bedecke. Doch ohne das Gespräch mit dem Seemann zu unterbrechen, war Pietro schon neben sie geglitten und hatte träge und besitzergreifend seine lässige Hand auf den schwarzen Teppichsaum gelegt. Er liebkoste ihn und zupfte daran, als ob es das Fell eines Tieres wäre. Als wir Anker warfen, sah ich, wie sie schwimmend in einer kleinen Tuffsteingrotte in der Uferwand verschwanden, und zwar so lange, daß ich schon glaubte, es sei für immer. Später starrte ich auf die dünne, blendende Spur aus Schaum, die das Boot hinterließ. Wie Meerschaum erschien mir unser Leben, wie bloßer Meerschaum.

Sieh mal, sagte Fiammetta am Abend im Badezimmer bei mir zu Hause. Ich kämmte mich gerade und schaute im Spiegel zu ihr hin. Sie drehte sich um und zog ihr Hemd hoch. Der Rücken war mit roten Malen übersät, kleinen Verletzungen, Kratzern und Abschürfungen, als ob man sie lange gefoltert hätte. Es war der Felsen, sagte sie, Pietro hat mich dagegengedrückt, und das Meer, das in die Grotte strömte, hat uns immer wieder dagegengeworfen. Hast du denn nicht bemerkt, daß du dir weh tust? Nein, sagte sie, das Wasser war so kalt, ich habe nichts gespürt.

Fiammetta blieb sehr im Vagen, was ihre Beziehung zu Pietro anging, und sobald Glauca – nicht ich, denn ich war dazu nicht in der Lage – etwas zum Thema sagen wollte und dabei die allgemeinsten Fragen der weiblichen Sexualität und ihrer Folgen streifte, blickte Fiammetta sie verblüfft an und beendete das Gespräch mit einem rätselhaften Lächeln. Glauca machte sich im übrigen nicht allzu ernsthaft Sorgen um die Folgen der Sexualität, weder bei sich noch bei anderen, so wie sich in diesem Sommer niemand ernsthaft Sorgen um die Folgen von irgend etwas zu machen schien. Als gäbe es im Leben kein Zuvor und kein Danach; als wäre alles durch die Macht der südlichen Sonne, die die Schatten auslöscht, angehalten worden.

Fiammetta sprach, wenn sie Pietro meinte, stets von etwas anderem. Vom kalten Meerwasser in der Grotte, wenn ich sie – zögernd und mich in den Wörtern verheddernd – fragte, warum sie sich von Pietro so heftig gegen den Felsen hatte drücken und verletzen lassen. Oder wenn sie plötzlich am späten Nachmittag oder zu Beginn der Nacht mit ihm verschwand, und wenn ich fragte, was sie gemacht habe, antwortete, daß der Parco della Rimembranza bei Sonnenuntergang mit seinen Pinien und dem durch das Grün sickernden Licht sie melancholisch stimme, als wäre der Sommer schon vorbei. Oder wenn sie erzählte, sie habe nachts, in den finsteren Alleen dieses Parks, in Pietros Fiat Angst, man könnte sie aus dem Dunkel heraus beobachten oder sogar angreifen.

Tatsächlich war Pietros blauer Fiat ein Wagen, der schon etliche Attacken überstanden zu haben schien. Die Sitze waren kaputt und lose, das Leder war rissig und voller Brandlöcher, und ein starker Geruch nach schimmeligem

Leder, alten Zigarettenstummeln und Metall betäubte Herz und Sinne der Beifahrer. Pietro kümmerte das nicht. Denn er konnte in den blitzenden grünen MG der langhaarigen Blonden, mit der ich ihn erspäht hatte, umsteigen. Er saß am Steuer, sie, mit einem zweifach geknoteten Schal geschützt, lachte ihn mit offenem Mund an.

Seit jenem Tag Ende Juli kam Fiammetta fast nie mehr mit uns ans Meer. Manchmal fuhr sie mit Pietro mit dem Segelboot hinaus, aber dann legten sie in einem anderen Küstenabschnitt näher zum Hafen hin ab. Oder sie verließen Neapel mit dem Auto. Häufiger jedoch trafen sie sich nachts. Am nächsten Tag schlief Fiammetta bis in den Nachmittag hinein. Oder sie blieb zu Hause und tat nichts oder hörte Annabellas Platten. Sie erzählte mir, daß sie viele fremde Lieder gelernt habe. Manchmal sang sie Pietro auf ihren Fahrten ins Dunkel eines vor. Pietro selber sang nicht gern. Aber er hörte ihr gern zu.

Also kam sie nicht mehr morgens zu mir, sondern erst gegen Abend, wenn sie sicher war, daß Pietro nicht mehr anrief. Sie kam wie gewohnt in sich, ihre Verzauberung und ihre Träume versunken, aber weniger energiegeladen als früher, als ob sie nun dauernd etwas schläfrig wäre. Zwei schwierige Themen gab es zwischen uns, doch sie waren nicht zu vermeiden. Was tat Pietro, wenn er nicht bei ihr war? Was geschah zwischen ihr und ihm, wenn sie zusammen waren? Die erste Frage war die schwierigere von beiden. Ich hätte die Blonde um nichts in der Welt erwähnt und war in solchen Geschichten zudem sehr unerfahren. Aber ich hatte begriffen, daß Fiammetta in Pietros Leben ein Irrlicht war, ein Flämmchen, wie ihr Name schon sagte, das man an- und ausknipste wie das Feuerzeug, das Pietro im Dunkeln seines Wagens aufschnappen ließ, wenn er sich eine Zigarette anzündete.

Fiammetta schien nicht zu begreifen, daß Pietro auch dann existierte, wenn er nicht mit ihr zusammen war. Allenfalls stellte sie ihn sich schlafend im weichen Bett seiner Kindheit vor, im Herzen seines schönen Adelspalastes, von der treuen Kinderfrau behütet wie ein Märchenprinz. Im übrigen war das ein Terrain, auf das sie sich nicht vorwagen durfte, sie, die so fremd war, wie es nur Entrechtete sein können, die als einziges Gepäck ihren Abstieg dabeihaben. Fremd wie eine, die in ein Land kommt, ohne ein anderes zurückzulassen. Für sie und mich gab es einen Platz in der Welt unserer stillen Wohnungen, in dem dunklen Erdgeschoß meiner toten Urgroßmutter und in dem unordentlichen Trödellager im Bezirk Sirignano. Es gab einen Platz in der nicht einzuordnenden, chaotischen Welt der Alfanos und bei den liederlichen Ruderern von Glaucas Clan. Ansonsten waren wir Treibgut ohne Geschichte, das dem Zerfall preisgegeben aus der Vergangenheit herantrieb, ohne einen Landeplatz zu finden. Fiammetta mochte glauben, wenn sie nachts noch in der Woge von Pietros Umarmung einschlief, daß ihre Welt in dem fürstlichen Palast am Meer sein könnte, daß man sie dort, in Posillipo, aufnehmen werde. Aber diese Hoffnung erlosch noch vor dem Erwachen, schon in ihren Träumen.

Was zwischen ihr und Pietro geschah, umging Fiammetta schweigsam und träumerisch. Vor allem schien sie sich nicht über die Folgen klar zu sein, als wäre ihre Geschichte nur die unendliche Fortsetzung ihres ersten gemeinsamen Tanzes und Pietro der aus dem Nichts erschienene Tänzer, auf den sie stets gewartet hatte.

Mit Büchern und Literatur ging Glauca wie mit allem übrigen um, liebevoll, großzügig und voller Bewunderung, aber ganz nach ihrem Belieben. Eines Nachts, als wir drei auf der Terrasse allein waren, vielleicht warteten wir auf die Männer oder auf den Schlaf, hatte sie uns einige Seiten aus einem schmalen Band mit hellem Deckblatt und dem träumerischen Titel *Im Schatten junger Mädchenblüte* vorgelesen. Sie trug uns auch ein paar düstere Abschnitte aus *Tabakstraße* vor und ein Gedicht, das ein Franzose des 19. Jahrhunderts über Posillipo verfaßt hatte. Mich beeindruckte sehr, daß auch der Franzose sich als Entrechteter, Enterbter betrachtete – je suis le ténébreux, le veuf, l'inconsolé. Er war in Posillipo gestrandet und weinte diesem Ort nach, wenn er ihm fern war, als bestünde zwischen dem bezaubernden Kap und den Leidenden ein untergründiger Pakt und eine feste Verbindung zwischen der Schönheit und dem Schmerz. Wie ich später erfuhr, bedeutet der Name Posillipo Unterbrechung des Schmerzes. Ich glaube jedoch nicht, daß damit eine Rast oder ein Trost gemeint waren, sondern, vielleicht, eine trügerische Vision. Was schön und ungreifbar ist, mildert den Schmerz für kurze Zeit; nur, um ihn unbezwingbar zu machen.

Am Morgen des 13. August kam Fiammetta zu mir nach Hause. Wir wollten zusammen ans Meer gehen. Sie kam früh und war, schien mir, etwas weniger schläfrig als sonst. Sie begleitete mich ins Bad, während ich mich fertig machte, und als ich meine Augen ummalte, sagte sie mit dünner Stimme: Sieh mal. Ich drehte mich um, und sie zog etwas aus der Strohtasche, in der sie Bikini und Handtuch aufbewahrte. Etwas Kleines, Helles, ein Fetzen Stoff, der wie ein Taschentuch zusammengeknüllt war. Einen Moment lang hielt sie es, schweigend, fest in ihrer Faust. Dann öffnete sie langsam die Hand, und ich sah, daß der Fetzen Stoff eines ihrer leichten, weißen Unterhöschen aus seidenähnlichem Nylon war. Da, sieh, sagte sie noch einmal, und zeigte mir auf dem weißen Stoff einen Tupfer, der dem Blatt einer rosaroten, auf dem Asphalt zerdrückten Blüte glich, ein kleiner Fleck auf der hellen Unterwäsche, über dessen Herkunft sie anscheinend nichts zu sagen wußte. Es war offensichtlich, daß er nicht von ihrer Menstruation herrührte. Wann bist du heute nacht nach Hause gekommen? fragte ich. Der kleine rote Fleck prangte zwischen uns. Um fünf, sagte sie, wir waren in Positano in einem Strandlokal, aber dort waren zu viele Leute, und wir sind wieder fort. Und danach? Danach haben wir an der Straße den Abhang hinauf angehalten, in einer Nische in der Felswand. Pietro hat den Wagen dort abgestellt, es war kühl und dunkel, der Fels duftete nach feuchter Erde. Hast du denn gar nichts gespürt? fragte ich, wandte die Augen von dem rosa Fleck und heftete sie auf die rissige Fuge zwischen zwei alten grünblauen Kacheln auf dem Boden, die auf altmodische Art verziert waren. Hat er dir nicht weh getan? sagte ich, fest nach unten blickend, dann plötzlich den Blick hebend, um das Gesicht von Fiammetta zu sehen. Warum denn? fragte sie. Ihre Augen weiteten sich auf einmal. Dann schlug sie den Blick nieder und starrte, wie ich, auf die rissigen Kacheln des Fußbodens.

Bald darauf gingen wir ans Meer.

Gegen Ende August fuhr ich mit den Alfanos zehn Tage lang nach Ischia. Es stellte sich heraus, daß jemand in Lacco Ameno in ihrem Auftrag eine Badeanlage am Meer betrieb.

Blau, warm und trostlos war die Atmosphäre dieser Anlage, einer Holzkonstruktion auf Pfählen, die auf einem knappen Abschnitt des steinigen, dunklen Strandes unterhalb der Straße, gegenüber dem »Fungo« stand. Die Saison war fast vorbei. In der Anlage, am Strand und im Meer hielt sich fast nie ein Mensch auf. Vielleicht war es auch keine Frage der Saison. Daß die Alfanos mit diesem Unternehmen kein Glück gehabt hatten, kümmerte sie nicht. Sie waren fröhlich und unbeschwert und zu mir wie immer liebenswürdig und großzügig. Glauca ohne Gino ging mit mir mehr denn je wie mit einer Puppe um. Am Tage schwammen wir lange im Meer, das warm, grün und ein wenig trüb war, als wäre es das Wasser eines Sees. Nachts führte die Mutter uns und Glaucas Geschwister in Restaurants und Lokale aus, die in Mode waren. Glauca fand es unterhaltsam, mein zeitweiliges, mittelmäßiges und unechtes Debüt in der mondänen Welt zu verfolgen und zu fördern. Es diente allerdings nur dazu, uns am Tag darauf darüber lustig zu machen. Von Fiammetta war nie die Rede. Glauca sagte nur ein einziges Mal, nach der Rückkehr müßten wir alle das Ende des Sommers feiern. Du mußt auch Pietro einladen, sagte ich zu ihr. Pietro ist auf Capri, gab sie ungewöhnlich schroff zurück, und damit war das Thema erledigt.

Das Fest nach der Rückkehr fand tatsächlich statt. Aber es war anders als jenes, das uns Mitte Juni willkommen geheißen hatte. Glauca lud eine weniger große Freundesschar zu einem nächtlichen Picknick am Strand von Licola ein, der für meinen Geschmack wenig reizvoll war, flach und eben wie die Küste bei Rom. Doch in der Nacht, als wir dort zum Picknick eintrafen, bot er sich mir in einem düsteren Glanz und jener vollendeten Einsamkeit dar, die noch den banalsten Orten der Welt gesellschaftliches Prestige verleiht. Falls Pietro auf Capri gewesen war, nun war er zurückgekehrt und schloß sich uns an. Das Mondschein-Picknick in Licola mußte ihm als ein Unternehmen erscheinen, dessen Geschmacklosigkeit einzig durch die Unbequemlichkeit übertroffen wurde, das brachte er durch sein überhebliches Grinsen und seine Witzeleien deutlich zum Ausdruck. Aber er und Fiammetta schienen die Stelle am Strand, an der wir anlegten, gut zu kennen. Noch während wir aßen und vor allem tranken und irgend jemand schon begonnen hatte, Platten in einen kleinen tragbaren Apparat zu schieben, wie man ihn damals hatte, verschwanden die beiden tatsächlich an einen Ort, der nur ihnen bekannt war.

Die Nacht war sehr schön, schwarz, tief und voller Sterne. Sie hatte nicht die diffuse Helligkeit der Mondnächte und war schattenlos. Es war überall undurchdringlich dunkel. Die Sterne priesen die Finsternis, ohne sie zu erhellen. Strand und Meer gingen ineinander über und bildeten eine einzige schwarze Fläche. Und eine einzige schwarze Fläche war der Himmel über uns.

Im Herbst in Rom fuhren Fiammetta und ich wie in alten Zeiten damit fort, uns zu besuchen. Wir kehrten nach der Schule gemeinsam nach Hause zurück und gingen dabei ein langes Stück Weg zu Fuß. Wenn die Hausaufgaben es zuließen, trafen wir uns auch nachmittags. Ich weiß nicht, ob es an der Eintönigkeit dieses besonderen Schuljahrs lag, am düsteren und mittelmäßigen Unterricht der Lehrerin in Literatur, die, wie am Gymnasium üblich, fast alle Unterrichtsstunden hielt, eine unschöne, alte Frau im Hader mit einer Welt, die ihre arischen und militaristischen Ideale enttäuscht hatte. Ich weiß nicht, ob es die Scheu oder besser gesagt die Anonymität meiner Klassenkameraden und -kameradinnen war, von denen sich jeder durch eine zerbrechliche Hülle aus Angst und Mißtrauen vor dem anderen verschloß – ich war in jenem Herbst merkwürdig unlebendig, ein seines Eigenlebens entblößter Leib. Ich hatte in der Stadt meiner Kindheit nichts von dem wiedergefunden, was ich zurückgelassen hatte. Die Wohnung meiner toten Urgroßmutter war zu einer dumpfen Gruft verkommen, die die Stimmen der Vergangenheit und die lebendige Bewegung der Erinnerung auslöschte; die die Klänge und Gestalten der Gegenwart verdunkelte, die nutzlos fiebrige Schlaflosigkeit meines Vaters und den kalten Abschied, den meine Großmutter durch die Spielkarten von der Welt nahm.

Der schmale Saum der Stadt, den ich wiedergefunden hatte, reckte sich so verzweifelt zum Blau des Meeres hin, als wäre ein Hinterland unvorstellbar. Er bedeutete für mich, wenn ich im Unterricht, den Kopf über das Buch geneigt, die Augen über die verschwimmenden Wörter schweifen ließ, die vergängliche Liebenswürdigkeit der südlichen Mittagsstunde, die die Körper durch eine Flut von Licht von ihrer Schwere und ihrer Geschichte befreit. Er hatte den unwiederbringlichen Zauber einer flüchtigen, trügerischen Erscheinung, von leuchtenden Schatten, Geistern am hellen Tage, von der Sonne hervorgebracht, ein optischer Effekt, den eine einzige Wolke am Himmel zerstört hätte. Alles war so weit entschwunden und so sehr vergangen, daß ich es keinem in meiner Umgebung sagen konnte, nicht einmal mir selbst. Alles, außer der Geschichte von Fiammetta und Pietro.

Fiammetta hätte diesen Sommer nie mehr vergessen können, auch wenn sie es gewollt hätte. Der kleine rosa Fleck nach der Nacht an der Straße nach Positano, den sie mir gezeigt hatte, damit ich ihr eine Erklärung dafür gebe, die lautlose, ungenierte Vergewaltigung in der dunklen Nacht, die sie, betäubt vom Duft des feuchten Felsens und dem Geruch von Pietros Körper, nicht wahrgenommen hatte, waren die Gewähr dafür, daß an jenem verlorenen und wiedergefundenen Ort wirklich etwas geschehen war. Daß nicht alles so vage war wie die Gestalten in meinen Erinnerungen.

Fiammetta war still, wenn wir uns sahen. Oder sie sprach von Pietro. Wieder sog sie mich mit unwiderstehlicher Kraft in die Beharrlichkeit ihres Wartens hinein, in die blinde, vermessene Bahn ihrer Hoffnungen. Sie war überzeugt, daß Pietro nur darauf wartete, sie für immer bei sich zu haben, nach jener langen Reihe von Nächten im Auto und an den Stränden im Norden der Stadt und auch in provisorischen Ehebetten elender kleiner Hotels, wie ich erfuhr. In einer jener Nächte auf einem fremden Bett im Schein einer Zigarette hatte er ihr überdies gesagt, sein Vater könne vielleicht eine bequeme Arbeit in einer Import-Export-Gesellschaft in einer Filiale in Afrika für ihn finden, und Afrika hatte ihre Phantasien schließlich entflammt. Sie wußte nicht, was sie tun sollte, wenn Pietro sie umarmte, hatte sie mir erzählt, fühlte sie sich wie Meeresschaum. Aber das war nicht genug. Pietro dirigierte sie mit Händen und Worten, und manchmal, im Dunkeln, auch mit der Glut seiner Zigarette, die zwischen ihren beiden Körpern aufglühte wie ein Leuchtturm. Er war nicht brutal, sondern präzise, und da er ein Snob war, verwendete er keine Umschreibungen. Er war anspruchsvoll und eher streng. Wenn sie ungeschickt war, behandelte er sie nicht wie ein Mädchen, dem etwas widerfährt, worüber nachzudenken es noch keine Zeit hatte, sondern wie einen Lehrling, der sich nicht anstellig zeigt. So schob er Fiammettas Kopf über die Brust bis zur Leiste und beschimpfte sie, weil sie den Mund nicht aufmachte. Oder er preßte ihr den Kopf zwischen die Knie, und sie sträubte sich ein wenig, weil sie zu ersticken glaubte. Einmal hatte er sie gefragt, ob es ihr gefiele, und als er aus ihrer Antwort Verlegenheit heraushörte, reagierte er harsch. Sie sollte zugeben, daß das, was sich zwischen ihnen abspielte, sehr genußvoll war.

Pietro war im Unrecht. Aber er hatte auch recht. Für Fiammetta lag nichts Genußvolles im Vollzug der Befehle, die er ihr gab, jene sonderbare, schwierige Gymnastik strengte sie an. Aber eine ferne Woge der Lust kam von einem unbekanntem Ort auch zu ihr, wenn er mit ihr sprach oder sie umarmte und ihre Münder über die Haut des Körpers glitten, nach geheimen Wegen suchend, wie bei einem unerhörten Abenteuer. Eine ferne Woge, die Fiammetta forttrug und ihr etwas anderes, Kostbares gab, das sie erkannte, an das sie sich aber nicht erinnern konnte.

Ich hatte keine Lust mehr, in die Gruft zurückzukehren, und fürchtete mich davor, Großmutter und vor allem meinen Vater in seiner verzweifelten Einsamkeit wiederzusehen. Dennoch versprach ich Fiammetta, daß ich Glauca schreiben und in den Weihnachtsferien mit ihr nach Neapel fahren würde.

Am Abend des 23. Dezember stiegen wir am Bahnhof von Mergellina aus. Fiammetta hatte einen besonders großen und schweren Koffer dabei, den zu tragen mein Vater sich anbot. Sie hatte für die Reise schwarze Kalbslederschuhe mit sehr hohen Absätzen angezogen. Als wir ausstiegen, wäre sie fast gestürzt. Vaters Fiat wurde immer müder und störrischer, aber wir brachten sie damit in die Wohnung im Bezirk Sirignano, wo Annabella sie erwartete. Wir sollten an diesem Abend beide zu Hause bleiben, wie es Gäste tun, die von weither kommen und von ihren Gastgebern festlich empfangen werden. Wir wußten jedoch beide, daß unsere Ankunft nicht einen Deut am Leben derjenigen, die uns erwarteten, zu ändern vermochte, als wäre alles zu Stein erstarrt oder unabwendbar. Am folgenden Abend, dem Abend vor Weihnachten, sollten wir zusammen mit meinem Vater wie in alten Zeiten bei Glauca zu Abend essen und dann mit einer Gruppe junger Leute auf ein Fest in Posillipo gehen.

Dieses Fest bestand hauptsächlich aus einem illegalen Spielbetrieb, den Glauca und in erster Linie Flavio organisiert hatten; zu der Zeit zog er das Glücksspiel seinen Liebeshändeln vor. Es gab Tische für verschiedene Arten von Baccarat und sogar Poker. Die Geschwister waren erregt, wohl auch, weil einige Kartenspiele gezinkt waren. Ich wunderte mich über diese illegale Wende in Glaucas Amüsements und war an den fürchterlichen Menschen, die ich hier zu sehen bekam, nicht interessiert. Fiammetta war unruhig. Pietro anzurufen hatte sie noch nicht gewagt. Sie hatte gehofft, er sei ebenfalls auf diesem Fest in Posillipo, von Glauca für sie eingeladen, in dieses eigenartige moderne Haus, das das nachtschwarze Meer umspülte wie einen vorgelagerten Posten, aus dem zu entkommen einfach war; und wirklich lag etwas dergleichen in der Luft. Ein möglicher Polizeieinsatz galt den Geschwistern Alfano als Höhepunkt des abendlichen Vergnügens.

Fiammetta hatte sich anders frisiert als sonst. Sie hatte das Haar zu einem sorgfältigen Chignon zusammengefaßt, eine breite, weiche Welle, die ihr majestätisch in den Nacken fiel. Sie war schön, wirkte aber weniger jung. Die übermäßige Trostlosigkeit des Ortes legte die Vermutung nah, daß Pietro keinen Fuß hierher gesetzt hätte, ja, daß niemand gewagt hätte, ihn einzuladen. Das begriff auch Fiammetta. Sie fand sich wie ich damit ab, auf das Ende des Abends zu warten; sie hing, ins Leere blickend, dem gewohnten Gang ihrer Gedanken nach und mied mit Abscheu die Komplimente der aufdringlichsten Männer. Es war schon fast fünf, als wir ins Haus der Alfanos, wo wir übernachten sollten, zurückkamen. Glauca trat uns die beiden Betten in ihrem Zimmer ab und ging zum Schlafen in Cettas Zimmer. Einen Moment, bevor sie uns für die kurzen Stunden, die uns noch blieben, eine gute Nacht wünschte, sagte Fiammetta, die es nicht mehr ertrug, diesen Namen nicht auszusprechen: Wirst du bald auch ein Fest mit Pietro machen? Mit Pietro? gab Glauca so gedehnt zurück, als wäre sie schon eingeschlafen. Ja, mit Pietro.

Pietro? fragte Glauca noch einmal. Und da Fiammetta diesmal still blieb, sagte sie: Pietro ist nicht mehr in Neapel. Seit er geheiratet hat, lebt er in Catania.

So endete die Rückkehr in die Stadt meiner Kindheit in jener trägen Morgenstunde des 25. Dezember endgültig. Das kalte Herz des Winters hatte die Phantome des Sommers zerstört und vernichtet.

Schweigend entschied sich Fiammetta für das Bett an der Wand. Sie entkleidete sich nicht, und sie löste auch die Haare nicht. Ziehst du dich nicht aus? fragte ich, während ich ins Nachthemd schlüpfte. Sie antwortete nicht, krümmte sich zusammen und legte sich still an die Wand. Ich ging zu ihr, um sie zuzudecken, und sah, daß sie die Stirn an die Wand preßte. Nach einer Weile hörte ich sie weinen. Sie weinte wie ein Kind, mit heftigen, unregelmäßigen Schluchzern, als zerrisse es ihr jedes Mal den Atem. Sie weinte wie ein Kind, das die Erwachsenen im Stich gelassen hatten, das allein und vom Rest der Welt durch seinen Schmerz getrennt ist. Sie weinte aus allertiefster Verlassenheit.

Die Schluchzer verwandelten sich langsam in Röcheln, dann in Seufzer und Atemzüge. Und begannen dann noch heftiger erneut.

Ich holte Glauca nicht, aus Angst, Cetta käme dazu. Cetta mit ihrem banalen, dummen Geschwätz über Ehebrüche, Verführungen, Untreue, Verrat und Verlassensein.

Nicht endenwollende Reden, vergleichbar dem Lärmen eines Baggers, der im Nichts gräbt. Der Trost, den Cetta zu bieten hatte, ließ den lichten Gott des Verlustes nicht gelten, sondern nur das unaufhörliche Schachern um Ersatz.

Fiammettas Schluchzer gaben den Minuten dieses unglückseligen Weihnachtsmorgens einen gleichmäßigen Rhythmus. Ich spürte, daß auch ich weinte. Große Tropfen rannen lautlos über mein Gesicht und schmeckten auf der Zunge nach Salz wie Meereswasser.

Ich kehrte nicht mehr nach Neapel zurück, es sei denn als Touristin oder zeitweilige Zeugin von Anlässen der Trauer und des Endes.

Die Nachricht ging im Frühling, im zweiten Jahr des Lyzeums herum. Ich war davon so überrascht wie alle anderen oder natürlich mehr noch als alle anderen, auch wenn ich den Begebenheiten des privaten Lebens damals wenig Bedeutung beimaß und der Vergangenheit fast keine. Die Jahre auf dem Lyzeum gehörten zu den glücklichsten meines Lebens. Durch eine Art Selbstamnestie wähnte ich mich frei von düsteren Gespenstern, von Traurigkeit, Bindungen und den bedrückenden Problemen meiner Familiengeschichte. Ich schien dank der Schule, der Freundschaft und einer glücklichen Liebe, die zu mir gekommen war, pure Gegenwart inmitten Gleichaltriger zu sein; als stimmte ich in allem und für alles mit dem Bild von mir selbst überein, ohne einen Schatten und geheime Kämmerlein. Die Nachricht, daß Fiammetta heiraten würde, überraschte mich so sehr, daß ich nicht daran denken wollte.

In dem Jahr, das auf Weihnachten 62 gefolgt war, hatten wir, und zwar recht schnell, nach der Rückkehr in die Schule unsere gegenseitigen Besuche aufgegeben. Wenn ich sie in der Pause auf dem Flur erblickte, war sie schweigsam wie immer und abgesondert von den anderen, doch jetzt mit weniger Bestimmtheit. Und ich nahm an ihr die unsichere und abwesende Haltung eines Menschen wahr, der einen Gegenstand verloren hat, den er braucht, der aber nicht im mindesten weiß, wo er ihn suchen soll. In der schwarzen Kittelschürze sah sie plump aus, nicht mehr wie die in Dunkel gehüllte Sirene von einst. Als im folgenden

Herbst das Lyzeum begann, sprachen wir fast nie mehr miteinander.

Ich fragte sie weder nach ihrem Ehemann noch warum sie, wahrscheinlich, die Schule abbrach, um zu heiraten, noch, warum sie mit der Hochzeit nicht bis zum Sommer gewartet hatte. Ich fragte nicht, weil ich es nicht wissen wollte, als wäre auch Fiammetta nur eines der Gespenster der Vergangenheit; überdies hatten stets Unvernunft und unvorhersehbare Plötzlichkeit ihr Handeln geprägt. Doch ich irrte mich. Einige Tage nach der Nachricht tauchte Fiammetta eines frühen Morgens fröhlich und heiter persönlich in meiner Klasse auf, die jetzt in einer anderen Etage lag als ihre. Sie übergab mir einen dicken elfenbeinfarbenen Umschlag, der ihre Vermählungsanzeige und die Einladung zu der Hochzeit und dem nachfolgenden Empfang enthielt. Auf diese Weise können wir uns voneinander verabschieden, lächelte sie erwachsen und liebenswürdig. Ich fahre nämlich gleich danach mit meinem Mann (so nannte sie ihn seltsamerweise schon) nach Gorizia, er hat dort eine Stelle im Krankenhaus bekommen. Ihr Mann war ein junger Arzt – jung, aber nicht im Vergleich zu uns, da er fast doppelt so alt wie wir Siebzehnjährigen war.

Und als ich ihn beim Hochzeitsempfang genauer betrachten konnte, sah er tatsächlich nicht jung aus. Ein großer Mann, weder häßlich noch schön, mit einem Anflug von Glatze. Es waren, um ehrlich zu sein, nur Geheimratsecken, aber in der Schar unserer Schulkameraden fielen sie auf. Der Empfang fand in einem Hotel vor dem

Parco dei Daini statt. Ein Grand Hotel mit leicht kolonialem Flair und einem großen Garten, in dem wir nach dem Mittagessen spazierengingen. Verlegenheit und Gekicher erstickten jeden Ansatz einer Unterhaltung – eine Hochzeit in unserem Alter und noch in der Schulzeit, das war wirklich lächerlich und peinlich zugleich.

Eine Braut im Mai. Ich hörte fortan nur noch zwei, drei Mal durch alte Schulfreunde von ihr. Sie hatte zwei Kinder, und sie lebte noch immer in Gorizia.

Der Brief kam am 27. Juni 1995. Er begann etwas unbeholfen und geziert mit »Liebe Freundin aus vergangener Zeit«. Er endete mit einem trockenen »Ciao, Fiammetta« und verzichtete auf sentimentale Ergüsse und die Hoffnung auf ein baldiges Wiedersehen. Es war ein Abschiedsbrief oder ein Brief über das Abschiednehmen, und sie schrieb:

Bei Frühlingsanfang bin ich nach Neapel zurückgekehrt. Ich mußte dorthin, weil Annabella im Sterben lag. Man hatte sie operiert, es ging ihr besser, dann schlechter. Es gab niemanden außer mir, der sich um sie hätte kümmern können. Als ich ankam, regnete es dauernd. Der Himmel war violett und schwarz. Dann klarte es auf. Annabella lebte schon seit vielen Jahren nicht mehr im Bezirk Sirignano, sondern in einer Wohnung in der Via Tasso. Es gab dort zum Meer hin einen kleinen Balkon genau oberhalb von Posillipo. Und, stell dir vor, seltsamerweise direkt über Pietros Palast, und von diesem Balkon aus gesehen wirkte er wie eine Festung und nicht, wie damals, wie ein Königsschloß am Meer. Von dem Balkon und den Wohnungsfenstern aus habe ich von der Stadt nur einen Ausschnitt von Posillipo gesehen. Mehr nicht, denn ich ging, außer einmal zu der Beerdigung, niemals aus. Annabella war älter geworden, doch nicht viel, im Grunde sah sie kaum verändert aus. Sie schien ein Fels zu sein, einer von diesen hellen, ausgebleichten, leuchtenden Felsen. Vielleicht übertreibe ich, aber als ich ankam, schien sie zu strahlen. Sie saß in einem Morgenrock aus hellblauem Samt in einem Sessel am Fenster und blickte auf das Meer hinaus. Dort saß sie fast die ganze Zeit, vor allem in der Nacht. Im Bett wollte sie nie liegen. Also blieb ich bei ihr, in einem anderen Sessel am Fenster, und schaute auf das Meer hinaus. Mein Vater ist vor einigen Jahren gestorben, bald nach deinem. Ich brachte ihr ein Foto mit, das ich mit der Todesnachricht aus Afrika erhalten hatte. Das Foto zeigte mich und ihn im Garten in Rhodesien, ich muß damals ein Jahr alt gewesen sein. Ich klammerte mich an sein Bein, er trug ein helles Hemd, auf dem Foto wirkte es weiß, aber vielleicht war es auch hellblau. Seine Hand lag auf meinem Kopf, wohl um mich zu halten, und mit der anderen, der linken, hielt er das Jackett über der Schulter. Er sah Pietro ähnlich, oder vielleicht meine ich das nur. Annabella betrachtete das Foto, und alles, was sie dazu sagte, war: Du hattest damals so kurzes Haar wie jetzt. Ich dachte, es war falsch, ihr das Foto mitzubringen. Aber gleich darauf blickte sie wieder ruhig und gelassen auf das Meer hinaus. Es waren die ersten

Nächte in unserem Leben, die wir gemeinsam verbrachten, und wir fühlten uns dabei wohl. Damals in jenem Sommer hast du gesagt, daß man bei der Rückkehr nicht das wiederfindet, was man zurückgelassen hat, sondern die Gegenwart dessen, was verloren ist. Das stimmt, aber nicht ganz. In dem, was verloren ist, ist etwas präsent, und wir werden es verzweifelt und für immer lieben. Was uns nicht hindert, manchmal auch etwas zu lieben, dem wir begegnen. Auf der Beerdigung gab es nur sehr wenige Leute, ihr altes Dienstmädchen, zwei, drei häßliche Unbekannte und Vincenzo. Erinnerst du dich an Vincenzo? Er ist immer noch derselbe, stets steif, blaß und zurückhaltend. In der Kirche herrschte Schweigen. Die Stimme des Priesters klang wie ein Murmeln, wie das Geräusch von Wasser zwischen Klippen in der Ferne. Ich habe Vincenzo nichts über das Leben von früher gefragt, und er hat mich kaum wiedererkannt. Weißt du, mit dieser Miene, die wie üblich gefaßt und vom Ernst der Lage ergriffen war, hatte er bei der Beerdigung endlich das richtige Gesicht im richtigen Moment. Als wir die Kirche verließen, war es auf der Straße sehr laut. Die Luft war voller Stimmen, keiner verabschiedete sich vom anderen. Das Licht war blendend blau. Ich wußte, daß der Frühling vergangen war und der Sommer wiederkehrte.

Anmerkungen

Seite 13: Am 8. September 1943 besetzten deutsche Truppen Italien bis zur sogenannten Gotenlinie nördlich von Neapel; zuvor hatte die Regierung Badoglio, die im Juli 43 die Regierung Mussolini abgelöst hatte, am 3. September 1943 mit den anglo-amerikanischen Alliierten ein Waffenstillstandsabkommen geschlossen.

Seite 127: In Bagnoli, in einer Bucht nördlich von Neapel, wurde in den 60er Jahren das größte Stahlwerk Süditaliens errichtet und Ende der 80er Jahre stillgelegt. Die gigantische Industrieruine, ein Mahnmal der Naturzerstörung, soll nun in einen Freizeitpark umgewandelt werden.

Seite 154: Die Miliz der faschistischen »Republik von Saló« (1943–45), nach Mussolinis Regierungssitz am Gardasee benannt; sie umfaßte etwa 250 000 Mann.